Aşkım Kapışmak

Üzümlü Kek

Üzümlü Kek / *Aşkım Kapışmak*

Yayıncı ve Matbaa Sertifika No: 10614

Genel yayın yönetmeni Ahmet Bozkurt
Editör Çetin Şan
Kapak tasarım Gökçen Yanlı
Sayfa tasarım Derya Balcı

ISBN: 978-975-10-3722-0

16 17 18 19   8 7 6 5 4 3 2 1
İstanbul, 2016

Baskı ve Cilt
İnkılâp Kitabevi Yayın Sanayi ve Ticaret AŞ
Çobançeşme Mah. Sanayi Cad. Altay Sk. No. 8
34196 Yenibosna – İstanbul
Tel : (0212) 496 11 11 (Pbx)

İNKILÂP Kitabevi Yayın Sanayi ve Ticaret AŞ
Çobançeşme Mah. Sanayi Cad. Altay Sk. No. 8
34196 Yenibosna – İstanbul
Tel : (0212) 496 11 11 (Pbx)
Faks : (0212) 496 11 12
posta@inkilap.com
www.inkilap.com

ASKIM KAPIŞMAK

Üzümlü Kek

Roman

İNKILÂP

Yazarın İnkılâp Kitabevi'nden çıkan diğer kitapları:

Kadınlar Sağdan Erkekler Soldan
Küçük Mutluluklar Kitabı
Terzi
Carpe Diem
Dolce Vita
Beni Benimle Aldatır mısın?
Hangi Anne Hangi Babasınız?
Aşkımın Beden Dili
Kalbin Anahtarı 1: Kelimelerle İyileş
Kalbin Anahtarı 2: Ruhuna Dokun
Yaşam Kitabı

İletişim için
www.askimkapismakakademi.com

Pürtelaş Hasan Efendi Mahallesi
Susam Sokak No:11 Daire:5
Cihangir / Beyoğlu / İstanbul

0212 243 29 48 - 0532 733 03 21

Beni değil düşüncelerimi dinleyin; sevmek istiyorsanız beni değil, düşüncelerimi sevin. Ama lütfen birbirimize bağlanmayalım, çünkü birbirlerine bağlanan insanların çok canı yandı. İşte bu yüzden de düşüncelerimizi buluşturalım, bırakalım onlar dost olsun ya da birbirlerine karşı olsunlar... Bu şekilde her zaman biz kazanmış olacağız.

Sana üzümlü kek yaptım, umarım seversin. Tadına bakmak istersen de, yerken sana özel anlatacaklarım var; hayata dair.

Yok, eğer üzümlü kek sevmiyorsan, bırak kalsın masanın üstünde, onun kokusu kaybolmadan birlikte sohbet edelim; bize dair.

Şu dünyada nefes aldığım her an düşünmeyi bırakmadım ve en sonunda anladım ki, kavgalar konuşarak değil, düşünerek sona erecek. Tıpkı âşıklar gibi... Çünkü onlar sadece yan yanayken değil, ayrı düştükleri günlerde bile birbirlerini düşünürken âşık olduklarını anlayabiliyorlar.

1

Ölüm sanki yıllarca görüşmediğim uzaktan bir akrabam gibiydi. Önceleri arada sırada bir gazete haberiyle çok uzaklardan gelirdi, sonrasında biraz yakınlaşıp mahallemize kadar geldiği zamanlara şahit olmuştum. Aslında çok küçükken dibime dek gelip en sevdiğim arkadaşımı ziyaret etmişti, ama ailemin içine girip annemi ve babamı aynı anda elimden alabileceğini hiç düşünmemiştim.

Aslında ikisine bir şey olacak ve ben bir anda onlarsız kalacağım korkusu küçücük yaşlarımdan itibaren hep aklımın bir köşesindeydi. Böylesi anlarda biraz naza çekerdim kendimi, annem ve babam da korktuğumu gördüklerindeyse, her zamankinden daha fazla sarılıp öperlerdi beni. Özellikle de kardeşim doğduktan sonra bu korku en büyük silahım olmuştu.

O yıllar, onların söylediği her şeye inandığım yaşlardı.

"Biz çok yaşayacağız kızım, hep senin yanında olacağız, hiç merak etme."

Oysa şimdi geri dönebilseydim, şu soruyu sormak isterdim onlara: "Anne, baba... Siz mi sözünüzü tutmadınız, yoksa gerçekleri bilip de benden mi sakladınız?"

Evet, şu anda tekrar o çocuk yaşlarıma döndüm sanki ve birisinin çıkıp, "Onlar hep senin yanındalar," demesini bekliyorum. Bunları kendi kendime söyleyecek bir olgunlukta hissetmiyorum kendimi. "Büyüdün artık, sen bir yetişkinsin," diye beni azarlayan yanımı susturmaya çalışıyorum. Şımarmak istiyorum ben ya; omzumun üzerinden gözlerimin ucuyla geriye bakıp, ne zaman gelip de sıkı sıkı sarılacaklar diye beklemek istiyorum.

Oysa şu an gözlerim ve omzum yanıyor, içimde ne varsa söküp almışlar gibi... Bir yanımda boşluk hissi, bir yanımdaysa etlerim koparılmış gibi hissediyorum. Acı ve hissizlik zihnimin içinde ilk defa bu kadar yoğun ve aynı.

Arada bir gözlerim etrafımda yaşananları görüyor: Mezarlığa gelmiş onlarca insan, avucumun içinde kardeşimin parmakları, arada sırada yanan omzuma dokunan isimsiz ve kimliksiz insanlar... Herkes başını önüne eğmiş toprağa bakıyor. Sanki bedenim bu kargaşanın ortasında sabitlenmiş şekilde öylece duruyor; ama ruhum, doğum anımdan annemle babamı öldüren kaza anına kadar geçen otuz iki yılı sürekli başa sarıp izletiyor bana. Bedenim mezarlığa kadar gelmişse yaşananları kabullenmiş demek, ama hikâyemiz hâlâ ruhumda başa sarıp duruyor.

İlk defa bedenimle ruhumun birbirine küstüğüne şahit oluyorum. Üstelik bu şahitlik hiç de hoşuma gitmiyor. Bir sürü soru aynı anda nasıl sorulur ve sorulan bütün soruların cevabı aynı anda nasıl düşünülür, işte bunu yaşıyorum:

"Neden Allahım?.. Kardeşim ne olacak?.. Neden ikisi birden?.. Arabayı ben kullanmak zorunda mıydım?.. Ne yapacağım şimdi?.. Canları çok yandı mı?.. Allahım, biz gelene kadar onları cennetinde misafir et, lütfen... Herkes şimdi buradan evlerine dönüp yemeye, içmeye, konuşmaya ve uyumaya devam mı edecek?.. Sadece benim için mi her şey durdu?.. Kardeşim ne hissediyor?.. Sağlığı onlarsız daha kötü olur mu?.. Bu acıyı o nasıl taşıyacak?.. Neden toprağın altında kalmaları lazım?..

Şimdi ben nasıl onları burada bırakıp eve gideceğim? Ben de diğerleri gibi yemeye, uyumaya, çalışmaya devam mı edeceğim?.. Nasıl?.. Nasıl?.."

■

Ruhumu bir kez daha bedenime dönmeye zorlayan ellerden biri yeniden omzuma dokundu:

"Kızım, bak kardeşin yine heyecanlanmaya başladı... Hadi biraz konuş onunla, hadi kızım."

"Tamam."

Şimdi fark ettim kardeşimin parmaklarının artık avucumun içinde olmadığını. Nilgün Teyze sağ olsun, yine almış kollarının arasına Enes'i seviyor... Nilgün Teyze, bu hayatta belki Enes'in de en sevdiği insanlardan biri. Ama ben kardeşimle ne konuşacağımı, ona ne söyleyebileceğimi bilemiyorum ki! Annemiz babamız yok artık, gittiler mi diyeceğim?

"Nilgün Teyze, Enes birazcık daha senin yanında kalabilir mi? Çok sorun çıkarırsa, lütfen biraz gezdirir misin?"

"Tamam kızım, ama sen de güçlü olmaya çalış, tamam mı?"

"Tamam."

Ne demekse güçlü olmak, güçlü olunca acısı mı bitecek insanın? Yıllarca üniversitede okuduğum psikoloji bölümü benim için anlamını tamamen yitirdi şu an. Hangi yaklaşımla, hangi teknikle ne yapabilir ki insan kendine?

Hiçbir akımı ya da bilimsel düşünceyi yaşadığım acının içine sokmak istemiyorum. Sadece acımı yaşamak istiyorum; annemle, babamla ve onlara dair bildiklerimle... İmam bir sürü dua okuyor; anlamlarını dahi bilmiyorum ama içimdeki bir şey, hepsinin anne babama iyi geldiğine inanmak istiyor. Gömülmelerinin ardından ölenlerle iletişim dilimiz değişiyor sanki. Aklıma küçükken komşuların evlerinde okunan mevlitler geliyor.

Herkes bir ağızdan, kısık seslerle anlamadığım dualar ederdi. Ağlayanlar, tülbent takanlar, ardından gelen tavuklu pilav ve ayran merasimi. Ruhum bir anda kendini geleceğe attı ve gözümün önüne annem babam için pişireceğim tavuklu pilav gelmeye başladı. Ne oluyordu beynime?.. Nerelere gidiyordu böyle?

Ah anne, ah baba, bembeyazsınız şu an... Örtünüz, bedeniniz, yüreğiniz bembeyaz. Ama benim için siz yaşarken de bembeyazdınız.

"Şimdi ne olacak Nilgün Teyze?"

"Gömülecekler kızım, üstlerine toprak atacaklar... Bakma istersen yavrum, bol bol dua et!"

"Zeynep, Zeynep, uyan kızım, hadi işe."

"Tamam Nilgün Teyze, kalkıyorum."

"Terden sırılsıklam olmuşsun kızım, yine mi rüya gördün?"

"Evet, yine annemin ve babamın cenazesi, tam gömüleceklerken uyanıyorum ya da uyandırıyorsun diyelim."

"Kız bir de psikolog olacaksın, hâlâ atlatamadın! Millete akıl vermek kolay, değil mi?"

"Biz insanlara akıl vermiyoruz."

"İki lak lak edip, o kadar parayı neden verirler anlamam."

"Neyse günaydınnnnnn, Enes uyandı mı?"

"Onun horoz gibi olduğunu bilmiyor musun? Güneşle ayakta adam."

"Tamam, kahvaltıda görüşürüz, ben de üstümü değiştireyim."

■

Annemle babam öleli iki sene oldu... Sağ olsun, annemin en yakın arkadaşı olan Nilgün Teyze o günden beri bizimle kalıyor. Ben işteyken kardeşime bakabilecek tek kişi o.

Kardeşim Enes, otizmli, yirmi sekiz yaşında, aramızda dört yaş var. Her otizmli çocuk gibi o da ailemize güneşi ve bulutuyla birlikte geldi; ama annem ve babam ondan bahsederken hep, "O bizim güneşimiz," derlerdi. Bizim ailemiz için "bulut" kavramı Enes'in hayatının zorluğundan değil, onun diğerleri gibi olamayışına üzüntümüzden geliyor. Biraz farklıdır Enes, konuşmaz, göz kontağı hâlâ çok iyi değil ama her şeyi anlar. Çok duygusaldır. Bu analizi genelde diğer uzmanlar beğenmiyor, ama başına gelmeyen bilmez, bilemez.

Enes aslında çok duygusal ve iyi bir iletişimcidir. Yalnızca onun iletişim tarzı bizlerden farklı: Tüm isteklerini, duygularını ve ihtiyaçlarını resimli kartlarla anlatır, sadece kendisine ait olan bir iletişim duvarımız var. İstediği her şeyin resimleri o duvarın üzerindedir. Ne istiyorsa onun resmini gösterir, hatta bu konuda o kadar iyidir ki, sadece birkaç resimle önünüze bir cümle çıkarır ve onun o an gerçekten sizinle konuştuğunu hissedersiniz.

Aaaa, bir de çok iyi pasta ve kek yapar. Bu onun, Nilgün Teyze ve mahalledeki diğer teyzelerin en sevdiği özelliği. Evet, Enes takıntılı bir şekilde pasta ve kek yapma arzusuna sahip. Bu durum beni maddi ve manevi olarak zorlasa bile, bir yandan da dünyayla kurduğu iletişim şekillerinden biri olduğu için çok hoşuma gidiyor. Enes'e hangi pastayı ya da keki tattırsanız, tattığı o küçücük parçadan hemen içinde neler olduğunu anlar ve mutfağa girip malzemeleri toplayarak yapıverir; hatta çoğu zaman tattığı pastadan çok daha güzelini yapar. Sizlere garip gelecek belki, ama birçok pastaneden birlikte çalışma teklifi bile almıştık; ne yazık ki sosyal iletişim eksikliği yüzünden buna cesaret edemedim. Ayrıca sahip olduğu bu yeteneği ticarete dönüştürmek bana biraz garip geldi galiba. Üstelik bu arzusunu dizginlemesine onu zar zor ikna edebildik; artık haftada sadece bir gün pasta ve kek günü. O gün geldiğinde bol bol yapıyor ve yaptıklarını çevremizdeki çocuklara dağıtıyoruz.

Duvarında yüzlerce malzemenin fotoğrafı var, ne gerekiyorsa hiç takılmadan doğrudan gösteriyor. Malzemenin konulacak miktarını nasıl biliyor diye soracaksınız? Bunu hâlâ ben de bilmiyorum. Biz malzemeyi önüne koyuyoruz, o da göz kararıyla ayarlıyor. Üstelik bugüne kadar ne eksik ne de fazla oldu.

Bir de fotoğraf çekme merakı var tabii. Farklı kareler yakaladığında, eğer sonradan işine yarayacağını düşünüyorsa, o fotoğrafları seçiyor ve ben de tabettiriyorum; sonra da onu duvarına asıyor ve istediği zaman bana gösteriyor. Aslında annemle babamın ölmesine Enes de hâlâ alışamadı, çünkü en çok gösterdiği onların fotoğrafları.

Dediğim gibi iki senedir anne ve babamız Nilgün Teyze oldu. Allah ondan razı olsun. Annem ve babam gittiğinden beri bizimle. O da yalnız; onun da bir kızı var, ama dediğine göre hayırsızmış. Eşi yıllar önce ölmüş, kızıysa genç yaşta evlenip yurtdışına yerleşmiş; ilk seneler telefonla arıyormuş, ama son on yıldır ne aramış ne de bir mektup veya bir mesaj yazmış.

Aslında bizler birbirimize iyi geliyoruz. Nilgün Teyze de acılarını gülerek, şakalaşarak dışa vuran birisi. Tabii ben bunu söylediğimde hemen, "Bana uzmanlık yapma," diyor ama işin gerçeği bu...

■

"Günaydın, oh mis gibi kokuyor, yine neler yaptın Nilgün Teyze?"

"Kalmış ekmekler vardı, yumurtalı ekmek yaptım. Enes'in müdahalesinden işte bu kadar oldu."

"Sen de iyi bir aşçı yardımcısısın."

"Geç dalganı sen! Bak yüz kere çağırdım, gelmiyor kahvaltıya."

"Neden? Kızgın mı?"

"Yok, ne kızgınlığı Allah aşkına. Paşamız yağda balda yaşıyor, neye kızacakmış ki?"

"Mevsim geçişleri Nilgün Teyze, yaz yavaş yavaş geliyor... Biliyorsun bu geçişler sırasında Enes'in duygu durumları dengesizleşiyor."

"Ne geçişi kızım ya, şımarıklık bu. Ayrıca bu ne ya: Güneş batar huyu değişir, ay doğar huysuzlaşır, kar yağar uyur, yağmurda mutlu olur. Astroloji gibisiniz vallahi. Nerden çıkarıyorsun bunları?"

"Hahahaha, yapma Allah aşkına Nilgün Teyze! Neyse, dur ben bir gidip bakayım."

"Tamam, sen git, bak bakalım, Merkür'ü gerilemiş mi paşamızın?"

"Hahahaha."

■

"Enes, günaydın."

Yine tüm duvarın örtüsünü açmış önünde öylece oturuyor. Arada sırada böyle oturur ve duvara, duvardaki tüm resimlere dakikalarca bakar. Bu, galiba onun hayatını gözden geçirme şekli; burada onun geçmişe, şimdiye, geleceğe baktığını hissediyorum. Çok da hoşuma gidiyor ama onu dürtmezsem, rahat bırakırsam burada böyle saatlerce kalabilir, ki belli bir süreden sonra bu onun dikkati için bir sorun oluyor.

"Hadi Enes, kahvaltı hazır, gel birlikte gidelim. Bakalım Nilgün Teyze neler yapmış?"

Saçlı sakallı, kocaman adam aslında, ama bazen onunla konuşurken, hâlâ üç yaşındaki haliyle konuşuyor gibi hissediyorum.

Yalnız kalma kartını, genelde gelmek istemediğinde kullandığı kurtarıcı kartımızı işaret etti.

"Tamam, ben gidiyorum o zaman, ama işe giderken tekrar yanına geleceğim, hadi görüşürüz."

■

"Nilgün Teyze, biraz yalnız kalmak istedi, biz yapalım kahvaltıyı, çıkarken bakarım bir daha."

"İyi tamam, haa, bugün üst kata yeni birisi taşınacakmış, bakalım kim gelecek o uğursuz eve?"

"Bir yıl içinde kaçıncı taşınan oldu bu?"

"Üç!"

"Hadi ya."

"O ev sahibiyle kim geçinebilir ki, vallahi taşınmadan görebilirsem uyarıcam insanları."

"Aman, sen karışma lütfen."

"Vallahi diyeceğim, bugün göreyim, hemen fısıldayacağım çocuğa."

"Hangi çocuğa?"

"Bekâr bir çocuk geliyormuş, tek yaşayacakmış, bir bu eksikti. Şimdi arkadaşları, sevgilileri bitmez."

"Nereden biliyorsun?"

"Bekâr adamın ne işi var kızım burda? Niyeti belli."

"Öğrencidir belki?"

"Yok kız, otuzunun üstündeymiş. Neyse öğrenirim bugün."

"Çok meraklısın Nilgün Teyze, ama şaka bir yana ekmeklerin harika olmuş."

"Az ye, göbeğin çıktı iyice."

"Nilgün Teyze ya!"

"Azıcık var; yaz geldi geçiyor, sonra olmaz o mayolar vallahi."

"Haydi sen iyice başlamadan ben kalkıyorum. Ellerine sağlık."

"Afiyet olsun kızım."

"Aman bak, kimseye bir şey söyleme, bırak taşınan taşınsın."

"Zeynep dün fark ettim, Enes'in koltuk altı kılları yine uzamış."

"Tamam, berberi ararım gelir bugün. Başka bir şey lazım mı?"

"Yok canım, hadi sana hayırlı işler."

"Sağ ol, öptüm seni."

■

İki yıldır bir psikolojik danışmanlık merkezinde çalışıyorum ve işimi seviyorum, hem de çok. Yaşam hikâyeleri ilgimi çekiyor, hatta belki de yaşam amacım, insanların değişimlerini ve iyileşmelerini gözlemlemek, buna tanık olmak denebilir. İnsanlar yıllar boyunca kendilerine zarar veriyor ve sonra pişman olup bize geliyor, artık kendimle barışmak, kendimi sevmek istiyorum diyorlar. Ben ve meslektaşlarım da, tekrar kendilerini sevebilmeleri ve gerçekten zarar verenin kim olduğunu gösterebilmeleri için onlara rehberlik ediyoruz.

Rahmetli annem hep derdi ki: "Kızım, o kadar insanın derdine nasıl yetişeceksin, başka bir iş yapsana!" Her anne elbette kendi sevdiklerini, kendi canlarını düşünür; ama bana gelip danışan kişiler de başka anaların canları ve o canların da desteğe ihtiyacı var.

Bugün pek danışanım yok aslında, sadece üç kişiyi göreceğim, hatta biraz zaman kalırsa kitapçılara bile gidebilirim. Bu, kendimle kalabildiğim en keyifli anlarımdan biri: Kitap araştırmak, kitapları açıp göz atmak, onlara dokunmak, hatta koklamak. Aramızda kalsın ama, galiba kitaplara âşığım ben...

Çalıştığım merkez iyi bir semtte ve uzman bir kadroyla hizmet veriyor. İki yıldır bu ailenin içindeyim, ama artık kendi işimi kurma hayallerim de yavaş yavaş başlamadı değil. Bazen herkes gibi soruyorum kendime, ilerisi için başka hedeflerim var mı diye? Aslında iyi bir birikim yapıp, Enes'in benden sonra iyi bir şekilde bakılabileceği bir vakıf kurabilmek. Enes gibi başka gençlerin ve çocukların da destek alabilecekleri, aileleri öldükten sonra gerçekten sevgiyle bakılabilecekleri bir yer açmak.

İki yıldır tek düşüncem bu: Enes benden sonra ne yapacak? Annemle babamın da en çok düşündüğü şey buydu: Bize bir şey olursa, bu çocuk ne yapacak? Dili yok ki anlatsın, kim anlayacak onun dilinden?

Temel kaygılarım daima Enes hakkında... Gözünün içine baktığın, bir kelime konuşacak diye yıllarca beklediğin, küçücük bir adımında, örneğin bir legoyu diğeriyle birleştirdiğinde havalara uçtuğun bir insana, senden sonra kim ve nasıl bakacak? Belki benden sonra cümleler kuracak, duyacaklar mı? Legolardan ev yaparsa, görecekler mi? Anne, baba, abla diye ağladığında gözyaşlarını silecekler mi? Koltuk altı kıllarını, hatta genital bölgesini kim ve nasıl temizleyecek?

Nilgün Teyze de yaşlanıyor artık; yani ondan sonra başka bir teyzeye de ihtiyacım olacak. Neyse, dediğim gibi bitmez benim kaygılarım...

2

"Enes, Enes, kalk hadi oğlum, hadi dışarı çıkıcaz. Bak bak, dışarısını duyunca nasıl da kalktın! Sen az değilsin vallahi, kandırıyorsun bizi. İşine gelen bir şey oldu mu, hemen dikersin gözlerini. Bana bak Enes, birazdan aşağıya ineceğiz, ama fotoğraf çektikten sonra telefonunu sakın sağa sola bırakma. Hadi bakalım, ne istiyorsun? Göster resmini... Ne, pastaneye mi? Yok oğlum, bugün pasta günü değil ki. Ayrıca mahallenin kadınlarını da başıma salma, yarın malzemeleri gidip marketten alırız... Hadi iki lokma bir şey ye de inelim, hava alalım biraz. Ah be yavrum, ablanın sevgisinin yarısı benim kızımda olsaydı keşke. Bazen nerede hata yaptım diye düşünüyorum. Ama babası öldükten sonra her şey değişti. Bunları, sadece senle baş başayken düşünüp konuşuyorum Enes; biliyorum kimseye anlatmayacaksın da zaten. Biliyor musun, aklıma bile gelmiyor diyorum ablana, ama her gece kızımın resmini alıp uyuyorum. Elim kaç kere telefona gitti; her mesaj sesi geldiğinde bilerek açmıyorum, telefon öyle uzakta kalıyor ya, içimden kızımdan mesaj geldi diyorum, sırf o olmadığını görmemek için bazen saatlerce elime telefonu almadığım oluyor. Sonra açıp bakıyorum ve bir kez daha görüyorum ki o değilmiş. Genelde bana mesaj atan hep Turkcell... Ben otizmden, motizmden anlamam oğlum, ama sen her şeyi biliyorsun da neden konuşmuyorsun?

Vallahi anlamıyorum. Bizim zamanımızda senin gibi farklı çocuklar olduğunda hocaya götürür okuttururduk; büyü var, cin var derlerdi. Deli değilsin, sakat değilsin, vallahi hepimizden zekisin... Ah be oğlum, bir konuşsan, anlatsan ya içindekileri. Hadi oğlum, hadi Enes'im, ah ah..."

'Ben konuşuyorum aslında Nilgün Teyze... Her sorunuza cevap veriyorum, her şeyi duyuyor, her şeyi görüyorum. Benim dünyamda sizinkiler gibi dışarıya ses verilmiyor Nilgün Teyze. Ablamla senin çabanı görüyorum, ama çabanızın yanında, yaşadığınız üzüntüyü de görüyorum. Keşke beni yaşadığınız dünyaya çekmeye çalışmasanız. İçinde sürekli ağladığınız, başkaları hakkında durmaksızın konuştuğunuz, savaşların, ölümlerin, para uğruna bitmeyen bir çalışmanın yaşandığı, kıskanç, öfkeli, sadece ara sıra huzurlu ve mutlu günlerin geçtiği dünyanıza çekmeyin beni. Ben sizin sadece rüyalarınızda gördüğünüz, içine daldığınızda zihninizi kaybettiğiniz bir dünyada yaşıyorum. Ben yediğim her şeyin tadını alabiliyorum, her bir besinin tadı farklı ve muhteşem. Oysa siz her şeyi birbirine karıştırıp tatları kaybediyorsunuz, daha yemek yerken bile zihninizi yemek sonrasına uçurduğunuz için bambaşka tatları davet ediyorsunuz. Bana robot gibi diyorsunuz, ama asıl robot sizsiniz; ben sürekli yaşanan andayım, geçmiş ve gelecek düşüncem yok. O an ne varsa, ne yaşanıyorsa odur. Oynamıyorum sizin gibi; orada olmadığınız halde, oradaymış gibi yapmıyorum. Her tebessümünüz geçici ve dışa bağlı. Her gözyaşınız saklı ve kimin yanında olduğunuza bağlı. Duygularınızdan utanıyorsunuz, müzik dinlerken zihninizde klipler çekiyorsunuz. Oysa ben müzik dinlerken her bir çalgının sesini, her notayı duyabiliyorum. Sizin aklınızdaysa her şey karmakarışık ve bu karışıklığın çıkardığı sese odaklanmış durumdasınız. Tüm ritimleri ezberlemişsiniz

ve zihniniz sürekli benzer ritimleri arıyor. Ben her defasında bambaşka ritimler duyuyorum, dinliyorum ve her defasında şaşırıyorum. Ellerimi çırpmam bu yüzden; olduğum yerde dönüp durmamın sebebi de bu işte. Bu benim şaşkınlık hareketim. Sevinçle karşılıyorum her sesi... Bana hep annen, baban, ablan çok üzülüyor diyorsun; ama aslında bütün anneler, babalar, ablalar üzgün. Hepsinin başında bitmeyen bir evlat, oğul, kız telaşı. Hepsinin hayatlarıyla ilgili sürekli kaygıları var. Ben sizin daha hiç sürekli mutlu olduğunuzu görmedim, göremedim. İnsan sürekli mutlu olur mu deme; çünkü sürekli mutsuz olabiliyorsanız, bunun tersi de mümkün olmalı. Şimdi sokağa çıkacağız diye uyarıyorsun ya beni, keşke sen de benimle birlikte sokağa çıkabilsen Nilgün Teyze! Çünkü sen sokağa zihninle gelmiyorsun, sadece soğuk ellerin ve soğuk bedeninle geziyorsun. Evet, en sevdiğim şey dışarı çıkmak. Her taşı, her kuşu, her yaprağı, her kokuyu ilk defa hissettiğin, hissedebileceğin bir yer sokak... Oysa sen hep aynı halinle geldiğin için, sadece ben görebiliyorum sokakta olan bitenleri... Biliyorum ki sen beni duymuyorsun ve duymayacaksın. Ama ben hep konuşuyorum, konuşacağım... Her sorduğuna, her isteğine içimden cevap vereceğim!'

"Hadi bakalım Enes, çıkalım artık... Sonbahar da geliyor, bunlar son güneşli havalar, tadını çıkaralım."

'Ne garipsiniz, dışarı çıkarken söz verip, sonra dışarıda her şeyi yine unutacaksınız. İnsanoğlunun sözünü tutmadığı anlar öyle çok ki. Her eyleminin önüne gerekçeler koyar, sonra da onları unutup başka sevdaların peşine düşer. Güneşin olduğunu bilip de güneşle olamamak ne acı. Tıpkı sevdiğiniz insanların varlığını bilip de onlarla birlikte olamamak gibi. Herkesin

sabah uyandığında, evinde sevdiği birileri vardır, onların orada olduğunu bilirsiniz, ama evden çıkana kadar zihniniz hep bambaşka yerlerdedir. İnsan, kendi anlarını çalan hırsızdır.'

"Enes, al oğlum telefonunu, bol bol fotoğraf çekersin. Dur bakayım bi camdan, üst kata taşınacak şu çocuk gelmiş mi? Bugün akşama kadar taşınma sesi, gürültüsü bitmez artık. Aaaaa, vallahi de gelmiş. Ama bu ne ya, minnacık bir kamyon, hiç mi eşyası yokmuş bu adamın? Hadi Enes, yürü..."

'Oh, mis gibi hava, her şeye sanki ilk defa bakıyormuşçasına yeniden bakmak, ilk nefesini alıyormuş gibi hissetmek, herkesi olduğu gibi kendinden farklı görmek ne kadar güzel. Belki sizler gibi konuşabilecek bir dilim yok, ama her şeyin farkındayım.'

"Gel Enes yanıma, uzaklaşma. Kolay gelsin, dördüncü kata mı?"

"Evet, abla."

"Bu kadarcık mı eşyası varmış?"

"Valla bize bu kadar teslim edildi."

"Dur bakayım, onlar ne öyle. Aaa, davul mu o? Gitarı da varmış, şarkıcı mı bu çocuk?"

"Galiba abla."

"Yandık desene. Evde sürekli şarkı söyler bu, apartmanda artık huzur filan kalmaz. Aman ya! Efendi, aklı başında biridir dedik, ama bu da türkücü çıktı... Eksik olmaz bunun evinden karı kız. Enes, oğlum kamyonun fotoğrafını neden çekiyorsun? Git biraz ağaç mağaç çeksene. Ne oldu Enes? Sakin ol, çırpma şu ellerini, ne oldu?"

"Ne yapıyor abla öyle?"

"Bir şey yaptığı yok, heyecanlandı."

"Hasta mı?"

"Ne hastası, düzgün konuş."

"Ne biliyim abla, tuhaf hareketler yapıyor, nereye bakıyor öyle?"

"Ne var kamyonun içinde?"

"Şuraya bakıyor, bir kasa kuru üzüm var."

"Ha, şimdi anlaşıldı, ne alaka o üzümler? Enes sakin ol, tamam mı! Üzüm mü istiyorsun? Peki, alalım."

"İşte o da geldi abla, eve taşınan abi."

"Nerde, hani, kim?"

"Arabasını park ediyor, bak."

"Bu araba onun mu? Maşallah, dur gelsin de bir tanışalım."

"Yakışıklı adammış, zengin de galiba baksana."

"Bak işine oğlum sen, hadi taşı şu eşyaları. Enes, sen de çekme arabanın içini, ayıp."

"Kolay gelsin, merhaba."

"Merhaba oğlum, sen mi taşınıyorsun bizim üst kata?"

"Evet, siz de komşumsunuz galiba. Ben Ali."

"Ben de Nilgün, bu da Enes."

"Merhaba Enes!"

"Şey, kusura bakmayın, arabadaki üzümleri gördü, heyecanlandı."

"Yemek mi istiyor, verelim hemen."

"Yok, yemez o."

"Ne istiyor peki?"

"Kek yapmak."

"Nasıl yani?"

"Aman, anlatırım bir ara, şimdi sizin telaşınız vardır."

"Tamam Nilgün Hanım... Enes, gel tanışalım, ver bakalım elini, ben Ali."

"Enes, baksana abinin gözlerine. Dur, taktı şimdi o üzümlere, çeksin bir iki poz da rahatlar."

"Neden fotoğrafını çekiyor üzümlerin?"

"Duvarına asacak, evde kek yapmak istediğindeyse resmini gösterecek."

"Aşçılık mı yapıyor?"

"Aşçılar onun eline su dökemez."

"Süper ya, ben çok sevdim seni Enes..."

'Bu üzümler çok farklı, kimsenin alamadığı kokular geliyor burnuma. İçim titremeye başladı yine, eve gidip üzümlü kek yapasım var. Bedenim konuşuyor şu an, ama siz sadece yine hareketlendi diyorsunuz. Bu yaramazlık değil, gariplik de değil; bu bendeki aşk! Üzüme mi âşıksın diyeceksiniz! Hayır! Keke mi diyeceksiniz! Hayır! Ben her şeyi karıştırıp bambaşka bir şey yapabilmeye âşığım. Tek başına hiçbir işe yaramayan malzemeleri düşünün, oysa çoğunu bir araya getirdiğinizde bir işe yarıyorlar, ki bence bu mucizenin ta kendisi. Üretimin efendisi... Ne gariptir ki, bunlardan kendimize anlık tatlar, hazlar verecek şeyler yapabiliyoruz ve mutlu oluyoruz. Sen Ali, iyi bir adamsın; şu anda kalbini ve geçmişini okuyorum...'

"Niye bana öyle bakıyor Nilgün Hanım?"

"Nasıl bakıyor?"

"Gözlerini kırpmadan, sanki dalar gibi."

"Seni kaydediyor."

"Nasıl yani, nereye?"

"Bilmem valla, ablası öyle diyor işte. Böyle baktığı şeyleri önemsiyor ve onları kaydetmek için dalıyormuş."

"Sevdi mi beni yani?"

"Üzüm verirsen belki! Şaka şaka."

"Neyse, ben yukarı çıkıyorum biraz işim var. Sizinle tanıştığıma çok memnun oldum efendim, memnun oldum Enes."

"Tamam çocuğum, artık komşuyuz, neye ihtiyacın olursa söyle."

"Çok teşekkürler."

"Aaaa, dur oğlum, sen ne iş yapıyorsun?"

"Davul çalıyorum."

"Nerde?"

"Bir müzik grubunda!"

"Davulcu musun?"

"Öyle de denebilir."

"Aman yavrum, evde çalma sakın davulu."

"Hahahaha, yok bunların hepsi sahne için merak etmeyin."

3

"Garip bir çocuk, ama efendi adam. Parası var, ama şımarmamış bak. Enes, çektin mi fotoğraflarını? Çıkalım mı yavaş yavaş?"

'Tutma elimden, kolumdan beni, daralıyorum.'

"Çekme kolunu Enes, hadi!"

'Ellerimi çırpmam, heyecanlanmam hep sorun bu dünyada. Sizlere göre her şeyim ayıp, her şeyim tuhaf. Ayıbın içini değiştirdiniz. Birbirinize tecavüz edip öldüren siz... Yalanlar cumhuriyetiniz olmuş, aldatmaksa liste başı... Siyasetiniz güce dayanmış, arkadaşlar düşman, evliler zalim olmuş... Her yeri bombalıyorsunuz, bedenlerini iki kadehe satan kadınlar, erkekliğini skorla alan erkekler ortalıkta. Bunların hiçbiri ayıp değil, hiçbiri garip değil. Oysa ben ve benim gibilerin davranışları garip, öyle mi? Neyse... Zihnime dünyanızı aldığım anda bile kirlendiğimi hissediyorum. İyi ki farklıyız. En azından bir sürü fotoğraf çektim, o üzümler neydi öyle! İçindeki her bir parçanın tüm renklerini gördüm desem yeridir; hatta kokusunun içinde bile çeşit çeşit kokular var. Gözümün önüne gelen pasta-

ları, kekleri anlatamam. Haydi Nilgün Teyze, bırak komşularla konuşmayı da eve çıkalım.'

■

"Nasılsın komşu?"

"İyi be Nilgün, sen nasılsın?"

"Napim, bu yakışıklıyla hava atıyorum işte."

"Maşallah, çok akıllı!"

"He he, öyledir."

"Nilgün be, bir şey isteyeceğim senden."

"Bak başlama yine pasta masta diye, ablası duyarsa bu sefer olay çıkarır."

"Kız yarın misafirlerim gelecek, bir pasta var, tarifini verse yeter."

"Tarifini verse yapabilecen sanki."

"Ne olur ki, iki dakikada yapar hemen."

"Bak, bu son!"

"Ay Nilgün, Allah razı olsun."

"Var mı bir parça yaptıracağın pastadan."

"Var var, dün aldım."

"Sen hazırlığı yapmışsın bile. Bak, bu son ona göre."

"Tamam tamam, hadi gelin içeri."

"Enes, pasta yapalım mı?"

'Ne zaman hayır dedim.'

"Hadi oğlum yap da görsün bu beceriksiz kadınlar, hahahaha!"

"Hadi Nilgün, hadi Enes oğlum, gelin içeri."

"Dur kız telefon çalıyor! Aaaa Zeynep, sus sus, sesini çıkarma. Alo, Zeynep?"

"Ne yapıyorsunuz Nilgün Teyze? Enes nasıl?"

"İyi iyi, gezdik tozduk, çekti paşam fotoğraflarını, şimdi eve çıkıyoruz."

"Berberi aradım, bir saate evde olur."

"Ne, bir saate mi?"

"Evet, ne oldu ki?"

"Bir şey yok kızım. Tamam, tamam gelsin."

"Gidince ara sen beni Nilgün Teyze."

"Tamam kızım!"

"Ne oldu Nilgün?"

"Pastayı unut, berber geliyormuş birazdan eve. Çıkmamız lazım."

"Ay hadi ya... E o zaman siz çıkın, ben pastayı ve malzemeleri alıp size geleyim; sizde yapar."

"Kız ortalık mahvoluyor, işim gücüm var benim."

"Söz, ben her yeri mis gibi yaparım."

"İyi, tamam, biz çıkıyoruz, sen de gel birazdan. Hadi Enes yukarı, berber geliyor."

'Offffffffffff!'

"Merak etme, pastayı bizim evde yapıcaz. Hadi!"

'Evet, en zor anlarımdan biri. Bu kadar güzel düşünebiliyorsun, bu kadar akıllısın, ama kendi koltuk altı kıllarını nasıl kesemiyorsun diyeceksiniz. Evet, kaslarımda ve ellerimde bir problem yok, düşüncelerim zaten özgür ve sağlıklı; sadece aksiyonlarım sizler gibi değil. Sizin dünyanızda yapılması gerekenle-

rin çoğunun benim dünyamda bir karşılığı yok sadece. Ama adamın birinin gelip koltuk altımı, genital bölgemi ellemesi garibime gidiyor. İçten içe bunu yaparken onun aklından geçenleri de görebiliyorum. O da kendini çok garip hissediyor; onun ve onun gibilerin adına çok üzülüyorum. Genelde benim gibileri görenler, kendi tattıkları birçok şeyden mahrum olduğumuzu düşünürler. Onlar gibi gezemediğimi, eğlenemediğimi, âşık olamadığımı, evlenemeyeceğimi, sevişemeyeceğimi sandıkları için içten içe eksik olduğumu düşünüyorlar. Ardından da bütün o üzülme halleri, yazık çocuğa, yazık ailesine... Neden bu kadar üzücü, neden bu kadar utanç verici diye çok merak ediyorum. Hele bazen şu cümleleri duyunca, öyle çok gülüyorum ki içimden: 'Ne de yakışıklı çocukmuş, eli ayağı ne güzel... Ahhh, ahhh... Keşke bir de aklı yerinde olsa!' Ama bunu diyenlerin çoğu aslında 'akıl' nedir, onu bile bilmiyorlar. Akıllı olmak onlar gibi konuşabilmek, işe gitmek, yemek yemek, arkadaş olmak, giyinmek, gezmek, sorulara cevap vermek, sevimli olabilmek, kitap okumak, film izlemek demek mi? Peki, bunları yapan herkes akıllı mı?'

■

"Merhaba adamım, yine uzamış kıllar. Oğlum, ömrümde başka hiçbir erkeğin koltuk altına, genital bölgesine dokunmadım ben ha, kıymetimi bil."

'Beni erkek olarak görmüyorsun herhalde ondandır ya da bunu orada burada anlatmayacağım için rahatsın!'

"Ya Enes, aslında en mutlumuz sensin belki de, hiçbir şeyi bilmeden yaşamak en rahatı. Valla dedikleri doğru, insan bildikçe mutsuzlaşıyor."

'Gerçekten merak ediyorum, bilmek derken neyi kastettiğini. Eminim o laf, çok okuyan ya da eğitim alan, etrafında yaşananları gözlemleyenler için söylenmedi. Var olan her mutsuzluğu, çok bilmeye bağlama egonuz da maşallah. Aslında gerçekten bilen kişi hayatta mutsuz olmaz. Bilmek, insan olmanın erdemi ve merak duygusunu gerçekleştirmek demektir. Sizin biliyorum dedikleriniz, aslında sadece çıkarınıza uymayan şeyler. Kelimeleri ve cümleleri nasıl bildiğinizi ve bu bilgiden dolayı nasıl mutsuz olduğunuzu merak ediyorum. Gel, sana gerçek bilmenin ne olduğundan bahsedeyim diyeceğim, ama gelemeyeceksin. Olsun ben yine de anlatayım: Yirmi sekiz yaşındayım. Bana dünyada olanları anlatsana, yaşadıklarından neler çıkardın deseler, tek bir şey söylerim herhalde: Her kelimeyi gerçekten anlayan, her kavramı bilen, her duyguyu tanıyan bir insan daha görmedim. İnsanların çoğu kullandıkları ya da duydukları kelimeleri anlamıyor, hatta birçok kelimeyi ve kavramı yanlış kullanıyor, kendi duygularını bile tanımıyorlar. Bilmek, anlamak ve tanımak; yani bu üç yeti kullanılmıyorsa, o dünyanın içindeki gerçek insan sayısı çok az demektir. Dünya insanlarla dolu diyorlar, oysa insan bilen demektir. Milyarlarca kişi bu dünyaya sadece bedenen gelmiş, hiçbir şeyi bilmeden gitmişler. Galiba insanların çoğu sadece işitmeyi ve işittirmeyi ya da duymayı ve duyurmayı önemsiyor. İşte buradaysa devreye zihin giriyor. Neden yaratıldığını bilen insan, kendisini ve içinde yaşadığı dünyayı bilmek zorunda. Oysa şimdilerde 'farkındalık' gibi popüler kelimeler daha çok kullanılıyor; sanki kendisini ve dünyayı fark etmesi yeterliymiş gibi. Ama bilmek, fark etmek değildir. Hayvanlar da, insanlar da her şeyi fark edebilir, ama sadece insan fark ettiğini bilebilir. Mesela bir hayvan düşünün: Ormanda dolaşırken yoluna bir ağaç çıkar ve bu ağacı bir engel olarak fark eder. Yolunu değiştirir veya ağacı

yok etmesi gerekiyorsa, yok eder. Oysa aynı ormanda bir insan dolaşırken yoluna aynı ağaç çıktığında... Onun ağaç olduğunu her ayrıntısıyla bilmesi, orada neden var olduğunu ve neye hizmet ettiğini anlaması, ardından da kendisini, ağacı ve ormanı tanıması gerekir. Ama birçoğumuz için artık o ağaç, hayvanların dünyasındaki gibi bir engel sadece. Mesela sen benim otizmli olduğumu biliyorsun, peki ama otizmi biliyor musun? Ayrıca hadi beni ve otizmi biliyorsun, ama anlıyor musun? Anladın diyelim, ama hem benim duygularımı hem de kendi duygularını tanıyor musun? Bunlara hayır diyorsan... Ben senin için farklıyım demektir, engelliyim, deliyim, tuhafım, hatta bazen acınası, bazen üzülesiyim. İşte bilen ile bilmeyenin farkı bu: Bilmeyen için hastayım, bilen içinse sadece farklı biriyim...'

"Hadi bakalım Enes'çim, işimiz bitti, görüşmek üzere."
"Bitti mi oğlum?"
"Bitti abla."
"Ödemeyi Zeynep yapacak!"
"Tamam, sorun değil."
"Oldu oğlum, hadi sana hayırlı işler..."
"Teşekkür ederim."
"Enes, oh mis, tertemiz oldun maşallah, şimdi gelir bizimkisi, pasta yaptıracak sana."

'İşte süper bir haber bu. İşte bildiğim, anladığım ve tanıdığım anlar.'

4

"Aaa kapı çaldı, geldi galiba, kim o?"

"Merhaba, Ali ben!"

"Buyur oğlum."

"Ya ilk günden kapınızı çaldım ama, kusura bakmayın. Size kuru üzüm getirdim, babaannem çok fazla koymuş, kalacak çoğu. Hem Enes'ti değil mi? Çok seviyor galiba."

"Ne zahmet ettin be yavrum, evet Enes çok seviyor, dur çağırayım. Enes bak, Ali Abin üzüm getirmiş sana... Enes!"

"Ne yapıyor şu an?"

"Duvarındadır."

"Ne duvarı?"

"İşte geldi, bak. Enes, oğlum neyin fotoğrafını çekeceksin, yine niye aldın telefonu?"

"Beni çekiyor galiba, gel birlikte çekelim."

"Hayatta kendini çekmez!"

"Neden?"

"Bilmem, sevmiyor. Enes, abinin fotoğrafını neden çekiyorsun? Bak yine ellerini çırpmaya başladı!"

"Üzümden mi?"

"Aynen."

"Neden, ne oluyor ki?"

"Ya anlatırım sonra, uzun hikâye."

"Çok isterim, çok merak ettim inanın."

"Eee, sen anlat oğlum, hayırdır ne diye geldin buralara, nerden geldin?"

"Ben de sonra uzun uzun anlatırım ablacım, evde iş çok, şimdi gitmem lazım."

"Hımm, tamam öyle olsun bakalım."

"Enes, görüşürüz kardeşim."

'Görüşeceğiz.'

"Hadi oğlum, kolay gelsin, bir ihtiyacın olursa burdayım."

"Teşekkürler."

■

"Ah Enes, baksana dağ gibi çocuk, efendi, yakışıklı, aslında Zeynep için çok uygun. Ama ablanda iş yok senin. Lafını etsem ağzıma tıkar vallahi. Bazen içimden geçmiyor değil, bu kız erkeklerden hoşlanmıyor mu acaba? Aaa, nasıl ya, erkeklerden hoşlanmıyor mu gerçekten? Ayol kızlardan mı hoşlanıyor, neydi onun adı, lezleyen miydi? Evlenmeyecek mi bu kız şimdi? Rahmetlilerin kemikleri gitti vallahi. Aman Allahım nereden bulaştı bizim kıza bu, aklı başındaydı bunun. Bir de psikolog olacak, asıl doktora gitmesi gereken bunlar vallahi. Nasıl ya, lezleyen mi bu şimdi? Enes, nerdesin? Aaaaa ne işin var senin mutfakta oğlum, pasta yapma günü değil bugün. Bak o lezleyen ablan gelir, görürse paralar ikimizi de. Tabii ya gördün üzümleri, artık dönüş yok. Dur ablanı arayalım, izin alalım. Ah kapı!"

"Kim o?"

"Benim."

"Kız kusura bakma huysuzlaştı yine bizimkisi, sen bırak bana pastayı, ben yedirir, alırım tarifi."

"Valla alır mısın? Bak muhakkak bu akşam yedir, yarına yapmam lazım."

"Tamam, tamam!"

"Ah Enes, senin yüzünden mahalle bizim evden çıkmıyor. Bu ne ya... yemek, pasta tarifi isteyen herkes burada. Aaaa, sen başlamışsın yapmaya keki, dur Zeynep'i arıyorum. Alo, Zeynep nerede? Seansta mı? Söyler misiniz, çıkınca bi arasın... Aman be Enes, yap kekini, ben ikna ederim onu. Gelip izleyeyim, nasıl da hızlı yapıyorsun ya. Kırk yıllık kadınım, böyle aşçı görmedim be yavrum ya. Yardım edeyim mi? Tamam sinirlenme ellemiyorum. Bu pastayı, keki senden iyi yapan yok valla. İlk kim yaptı dünyada bilmiyorum, ama seni görse diz çöker."

'Pastacılık Eski Yunanlar ve Romalılar döneminde ilerlemiş, ancak Roma İmparatorluğu'nun çöküşüyle büyük darbe almış. Amerika'nın keşfiyle de tekrar canlılık kazanmış. Yeni kıtanın keşfiyle Avrupa'da şeker ve kakao bolluğu yaşanmış. Böylece pastacıların sayısı artmış artmasına ama bu sefer de devrin kralları ve imtiyazlı aileleri, yalnızca kendilerine pasta yapmaları için bu ustaları himayelerine almışlar. Hatta 1200'lerde Paris'te pastacılar birliği kurulmuş. Birlik yalnızca düğün ve ziyafetlerde halka pasta satabiliyormuş. Günümüze kadar gelen çıraklık ilk defa bu birliğin tüzüğünde mevcutmuş. Günümüz pastalarıysa 19. yüzyılda Amerika'da görülmüş. Burada yaşayan şehirli kadınlar sık sık davet vererek sosyalleşiyorlarmış ve bu merakları da pastacılığı beraberinde geliştirmiş. Fransa'da pastacılığın yayılarak çığır açması Fransız Devrimi'yle olmuş, yalnızca kraliyet sarayında ve imtiyazlı ailelerin yanında çalışan pastacılar, işlerini kaybetmelerinin ardından, Fransa'nın her yerine dağılıp imalathaneler açmışlar. Böylece bütün pasta çeşitlerini yapıp halka

tattırmışlar. Modern pastacılığın en büyük önderiyse şef aşçı Antonin Careme sayılıyormuş. Ama en büyük buluş 18. yüzyılda Vatel'in krem şantiyi bulmasıyla yaşanmış ve 19. yüzyılda Paris pastacılığın başkenti haline gelmiş. Antik dünyadaysa ekmek ve kek dini seremonilerde kullanılırmış. Yani törenlerde pasta yenmesi, antikçağdaki dinsel ritüellere dayanıyormuş. Keklerin şekilleriyse genellikle yuvarlak oluyormuş; bunun sebebi de yine dinsel sebeplerdenmiş, yani ay ve güneşin dönemsel şekillerini yansıtmasıyla bağlantılıymış. Ayrıca yuvarlak şekil, yaşamın döngüsel doğasını da sembolize ediyormuş. Çinliler dolunay şeklinde, Ruslarsa güneş şeklinde, ama hep dinsel sebeplerle ve özel günlerde pişirirlermiş.'

"Hayırdır, neden öyle bakıyorsun oğlum. Kim bilir içinden neler diyorsun da, ben hiç anlamıyormuşum gibi bakıyorsun. Çok bilmiş seni. Bazen öyle bir bakıyorsun ki kendimi salak gibi hissediyorum Enes."

'Kek ve pasta yapmak benim yaşamsal döngüm desem ve sen de bunu duysan, bu sefer senin gözünde salak ben olacağım, biliyorum. Ben pişirmeyi seviyorum, yemeyi değil. Zaten en büyük tat, ne yapıyorsan onu en güzel haliyle yapabilmekte. Ah Nilgün Teyze, insanlar yaptıkları işte, yemekte, sporda, aşkta, yardımda, sokakta gezerken, alışverişte, çocuk yetiştirirken gerçekten yapabilmenin tadına hiç varamıyorlar. Genelde ne yapıyorlarsa yapsınlar, hep sonucuna odaklanıyorlar. Yapabilme sürecinde asıl nokta insanın piştiği andır, o anlardır. Oysa insanoğlunun beklentileri o kadar fazla ki, yaptıkları şeyin pişip pişmediğini bile anlayamıyorlar. Beklentinin hazzı, pişmenin ve olgunlaşmanın getireceği özgüveni yerle bir ediyor. Her gün izlediğin haberlere, sporlara, medyaya bir baksana. Benim olacaksın cinayetleri, o vajina benim tacizleri, kazanmak isteyen

sporcular, en güzel olmak isteyen kadınlar, en iyi olmak isteyen anneler, en yakışıklı benim diyen erkekler, uzaktan yapılan yardımseverlikler, daha neler neler. Yani herkes sonucun peşinde. Anne çocuğuna, çocuk oyuncağına, baba eşine ve çocuğuna, aile evine, mahalle takımlara, takımlar taraftara, taraftar siyasi partilere, partiler halka, halk güce, güç ise sanata, ilime, şöhrete, şöhret paraya ve en sonundaysa para hepsine sahip olmuş durumda. Herkesin dilinde Allah, ama kalbinde para var. Söyle bana desem, en güzel pastayı benim elimden yediğin için mi, yoksa senden daha iyi pasta yapabildiğim için mi beni övüyorsun? Nilgün Teyze ben kek yapmayı seviyorum, yemeyi değil.'"

"Kim yiyecek şimdi Enes bu keki? Ablan diyette, bana şeker yasak, sen yemiyorsun, ne yapalım şimdi? Nereye, odaya mı gidelim, hadi yürü bakalım. Aaa, telefonu ne yapacaksın? Tamam bekliyorum. Ali Abi'ne mi? Ay canım, ona mı yaptın keki sen?"

'Benimle şöyle bebekmişim gibi konuşmasan!'

"Vallahi çok sevinecek, bak ne dicem, ablan gelsin, birlikte götürelim; hem tanışırlar değil mi, hahaha... Hadi sen mutfağa dön, bitir kekini! Ablandan da ses yok, bitmedi mi daha seansı bunun? Enes be, kızımı arasam mı? Belki açar, uzun zamandır açmıyor telefonunu, affedemedi hâlâ beni, anneyim ben ya, benim de hatalarım olur, ama bu ne kin? Aynı rahmetlinin huyu suyu vallahi. İçim acıyor, hatırlamamaya çalışıyorum; bakma sürekli güldüğüme, yoksa kafayı yicem. Ben de kime ne anlatıyorum ya... Neyse sen bak işine, ben de etrafı toplayayım."

'Bazen çocukluğumu hatırlıyorum Nilgün Teyze. Bir sene boyunca sadece anne baba demem için uğraştıkları zamanlar

geliyor aklıma. İnsanın kendisini bir başkasının sözlerinde araması ne ilginç değil mi? Anne baba olmak yetmiyor, insan sesli duymak istiyor, cümle içinde kullanılmak istiyor. Kelime kelime duyulmak, hecelenmek istiyor. O dönem sadece duyup, az da olsa dikkat edebildiğim yıllardı, tek yapabildiğim ağız hareketlerini taklit edebilmekti. Beynimde milyonlarca küçük küçük renkli top var gibiydi. Tek bir kelime edebilmem için sanki hepsinin bir araya gelmesi gerekiyordu. Hepsi de bir araya geldikçe iç içe geçerek büyüyen toplar gibiydi. Birini alıp diğerine götürene kadar yoruluyordum, hatta bazen sırf onlar sussun diye kendimi o kadar çok zorluyordum ki, tek nefeste, başım ağrırcasına topluyordum topları ve ağzımdan anne sözcüğü çıkınca hepimiz rahatlıyorduk. Sonra onların alkışlarını ve mutluluk çığlıklarını izliyordum. Onların mutlu oldukları şeyler garip geliyordu bana; oysa dışarıya kapalı dünyamın içindeki sesler ve görüntülerle mutluydum ben. Kuralları olmayan bir dünyaydı, zihnimdeki tüm resimler konuşuyor, bilinmeyen bir yerlerden sesler ve görüntüler geliyordu. Beslendiğim kaynak sonsuzluktu ve daha sonrasında melekler diyarını fark ettim. Sizin kanatlı diye bildiğiniz, gözlerinizle göremediğiniz ve televizyonlarda izlediğiniz meleklerle birlikteydim. O renkli topları zihnime sürekli onlar atıyordu ve onlar da bu topları bilinmeyen bir yerden topluyorlardı. Hepsi de rahmetli annemin bana baktığı ve ağlaya ağlaya dua edip namaz kılarken etrafında yoğunlaşan toplardandı. Onlar damla damla akan gözyaşlarını aşağıya indiren renkli toplardı. Tek bir gözyaşı damlasını bile yere dökmedi melekler. Hepsini yanağından çenesine inene kadar kuruttular. Tekrar derisinin içine gönderdiler, annemin içine aktı hepsi, ama yaşlar şimdi renkli toplar olmuştu. Bu gözyaşları renkli toplar haline gelerek, acısını gözyaşlarıyla çıkaran anneme şifa oldular.'

5

"Aa Zeynep mi geldi? Kızım anahtarın nerde?"

"Evde unutmuşum Nilgün Teyze. Hayırdır kek kokuyor, bugün pasta günü değil ki?"

"Vallahi aradım seni, seanstaydın! Enes tutturdu yapıcam diye."

"Neyse tamam, yapsın."

"Yeni taşınan komşuya götürecekmiş."

"Nasıl yani?"

"Bugün dışarı çıktığımızda nakliye kamyonunun kasasında duran kuru üzümleri görünce Enes çok heyecanlandı, o da getirip Enes'e vermek istemiş işte."

"Neden aldınız ki? Nilgün Teyze böyle şeylere izin vermiyorduk ama..."

"Valla kızım Enes çok mutlu oldu, almayıp da ne yapacaktım. Adam kapıya kadar getirmiş. Kız, bak sana ne dicem? Aklıma takıldı, akşama kadar düşündüm."

"Dur bir soluklanayım, üstümü değiştirip geliyorum. Enes nerde?"

"Sence?"

■

"Enes nasılsın kardeşim? Yine mi kek, hem de üzümlü? Dur ne yapıyorsun bırak elimi, nereye?"

"Resim çekti kızım, onları gösterecek sana."

"Karta mı basmamı istiyor?"

"Galiba!"

"Tamam, aç bakalım Enes."

"Komşuyu çekti, hoş çocuk, çok da efendi, yakışıklı, hem de bekâr!"

"Nilgün Teyze, başlama yine. Tamam Enes, hangisini istiyorsun, bu mu? Kim bu, Enes?"

"Ali Abisi."

"Nilgün Teyze, Enes'e sordum, bize biraz izin verir misin?"

"Tamam, tamam."

"Enes, bu abiyi mi karta bastıracağım? Çok mu sevdin sen bu abiyi? Tamam Enes, yarın hallederim. Hadi sen kekini bitir, ben de üstümü değiştirip geliyorum, sonra da seninle sohbet ederiz, oyun da oynarız, tamam mı?"

'Bu kek aslında senin için abla, senin geleceğin için, bastırdığın duyguların için, kadınlığın ve kendine vermediğin değerin için. Bu kek bir başlangıç olacak aslında.'

"Zeynep, bir şey sorucam sana kızım!"

"Sor Nilgün Teyze."

"Ama bak susturmak yok, insan gibi konuşalım."

"O ne demek abla ya, insan gibi konuşmak!"

"Eee işine gelmeyince konuşturmuyorsun da ondan."

"Tamam, sor."

"Kızım, ne zaman hayatında biri olacak senin?"

"Heeee başladık yine!"

"Asıl sen başladın, bak konuşucaz dedin."

"Nilgün Teyze şu an hayatımda birisi yok ve uzun bir süre de olmayacak. Enes'in durumunu biliyorsun. İşim başımdan aşkın, kendime zor yetiyorum, ayrıca inan hiç uğraşamam."

"Kızım yanında hiç erkek görmedim ben, klinikteki uzmanlar hariç, hayırdır!"

"Hayırdır?"

"Bak açık açık sorucam, ben senin annen gibiyim, kızma, darılma."

"Sor Nilgün Teyze, olsa bir şey söylerim tabii sana."

"Sen lezleyen misin?"

"Ne miyim?"

"Lezleyen işte!"

"Lezleyen ne Nilgün Teyze?"

"Şey işte kızım, kadın kadına aşk var ya!"

"Hahahahaha!"

"Ne oldu şimdi? Dalga mı geçiyorsun?"

"Hahahaha, lezleyen değil o, lezbiyen."

"Ne bileyim işte, lezleyen... lezbiyen!"

"Ya Nilgün Teyze neler geliyor aklına, ne ilginç kadınsın sen."

"Konuyu değiştirme, öyle misin yoksa? Öyleyse vallahi benim için bir problem yok!"

"Lezbiyen değilim, olsam söylerim zaten, ama bir erkeğe de âşık değilim. Evet, uzun zamandır hayatımda kimse yok. İstemiyorum, tamam mı, konu kapandı mı senin için?"

"Vallahi kapanmadı, seni biriyle baş göz etmezsem gözüm açık giderim."

"Bir yere gittiğin filan yok. Tamam, neyse kapatalım bu konuyu, mevzunun nereye geleceğini anladım!"

"Nereye gelecekmiş?"

"Tamam Nilgün Teyze lütfen, haydi yemek yiyelim. Enes'le biraz zaman geçirip kitap okumam lazım."

"Hımmmm!"

"Lezleyen, hahahahahha!"

"İyi, sus be."

"Enes bitti mi kek? Oh mis ne güzel kokuyor, ellerine sağlık. Peki, bunu kim yiyecek? Resimdeki abiye mi? Ama Enes biz o abiyi tanımıyoruz, nasıl vereceğiz? İstersen yarın başka komşulara ya da derneğe götürelim, olur mu? Ne oldu? Sinirlenecek ne var şimdi Enes?"

"Aman be kızım, Ali Abisi'ne yapmış, ona götürecek."

"Ne abisi Nilgün Teyze, bu ne samimiyet?"

"Adam üzüm verdi, hem yeni taşınmış, yorgundur, iyi gelir!"

"Çok istiyorsanız, siz ikiniz götürün, ben evdeyim. Hayır, Enes sinirlenme lütfen, bırak elimi ben gelmiyorum. Siz yaptınız, siz karar verdiniz, götürün gelin hadi. Hem adam müsait mi? Eviyle uğraşıyordur şimdi, rahatsız etmemek lazım. Bence bekleyin, yarın sabah ben işe gittiğimde, siz de götürür verirsiniz."

"Valla müsaittir kızım, bize üzüm getirdiğinde giymiş kısa pantolonlarını rahat rahat, oh vallahi!"

"Ya, pantolonuna mı baktın adamın?"

"Ne yapayım öyle gelmiş kapıya. Kız şort değil, var ya, şimdi hepsi giyiyor, dar kısa pantolon, işte ondan giymiş. Ne anlıyorlarsa şimdi bütün erkekler kadın pantolonları giyiyor."

"Beni lezleyen yaptın, belki onda da vardır bir şey? Hahahaha!"

"Başlama yine Zeynep! İyi ki bir şey dedik, ağzına sakız edersin artık."

"Çok komiksin Nilgün Teyze ya! Hayır Enes, ben gelmiyorum."

"Vallahi ben anlamıyorum şimdiki gençleri; kıyafetleri, davranışları, konuşmaları çok değişti. Kadınlar erkek gibi, erkekler kadın gibi giyiniyor. Tövbe tövbe, ne hale geldik yahu!"

"Moda bu."

"Batsın öyle moda. Kim çıkarıyor yeni yeni icatları?"

'Yeni değil sadece akım Nilgün Teyze. Avrupa'da taş devri pantolonlarının benimsenmesi belli bir sürenin geçmesini gerektirmiş hatta. Bedenlerini bol elbiseler içine gizleyen eski Yunanlar ve Romalılar o dönemde pantolon giyen Galyalıları ve Germenleri barbar olarak algılamış. Antik Yunanların sahne giysilerinde pantolon barbarları, yani Yunan olmayanları simgeliyormuş. Galyalılar da, Romalılar tarafından 'Gallia bracata' diye adlandırılıyormuş; bu ad, oralarda alışılmış erkek giysisini anlatan bruch 'kısa pantolon' sözcüğünden *kaynaklanıyormuş. 4. yüzyılın sonlarında Roma'da barbar pantolonlarını giymek ayıp sayılıyormuş. Yüksek sınıflar dahil, saray çevresinde insanların bunları giymesi, sürgün edilip mallarının ellerinden alınmasıyla sonuçlanıyormuş. Pantolon, tarihöncesi dönemde Asyalı toplumlar arasında da epey yaygınmış. Çinliler ve Moğollar ayak bileklerine kadar uzayıp bacakları saran pantolonlar giymiş. Rönesans'ın başlamasıyla birlikte erkek giyim modası dönüm noktasına ulaşmış. Popoyu ve edep bölgelerini ortaya çıkaran pantolonlar giyilmeye başlanmış ve bu gelişme devlet makamlarını rahatsız etmiş. Popo ve edep yerlerini kapatmaları için 'edep yeri kapağı' denilen kılıflar ortaya çıkmış. Erkekler sokaklarda gururla ve zafer kazanmış edasıyla bunları giyiyorlarmış. Eduard Fuchs* Ahlak Tarihi *adlı eserinde şöyle demiş: 'Erkekler o dönemde tamamen aşırı uçlara varan duygularla, bu giysi parçasından bir seyirlik ve gösteriş nesnesi yarattılar. Böylece yalnızca ilk anda göze çarpmakla yetinme-*

yip uygun bir biçimde bakışları doğrudan kendilerinde topluyorlardı.' O zamanlara ait kaynaklarda edep yeri kapağının neredeyse çirkin sayılabilecek ölçüde, hatta dana ya da öküz kafası büyüklüğünde genişletilmesinin müthiş derecede yaygın olduğunu gösteriyor. Ayrıca erkekler edep yeri kapağına çeşitli şekiller vermekten de çekinmemiş. Bu şekiller dikleşmiş erkeklik organı ya da çarpık bir salatalık dahi olabiliyormuş, ki bu durum 17. yüzyılda sadelik ön plana çıkana kadar devam etmiş. Dünyamızsa şimdi tekrar o yüzyıla geri döndü, en azından psikolojik olarak. Edep yeri kapağı sanki şu an birçok erkeğin vücudunun her yerinde. Arabasında, kol saatinde, iç çamaşırında, pantolonunda... Belki yıllar öncesindeki gibi, önümüzdeki yılların ardından tekrar sadelik gelir, ama biz bunu görebilir miyiz, bilmiyorum! Bildiğim tek bir şey var o da: Artık her şeyin grisinin olduğu. Eskiden kavramlar, değerler, ideolojiler siyah ya da beyazmış. Cinsiyetler siyah ve beyaz kadar açık ve netmiş. Bütün kavgalar ve savaşlar bu uçlar yüzünden, birbirinin zıttı olan bu renkler yüzünden çıkmış. Kadınsa bunu yapamaz, erkekse bunu giyemez, dindarsa böyle davranmaz, sağcıysa bunu düşünmez, işçiyse buraya gidemez, çocuksa bunu yapamaz gibi. Oysa günümüzde bu siyah ve beyaz olan her şey tamamen kırıldı desem, tamamen bitti desem. Bu, elimizde olan bir durum değildi zaten, dünyanın gelmesi gereken noktaydı. Geçişleri zor oldu, ama süreç başladı artık, her şey gri, olmaz dediğiniz her şey bir arada olabiliyor. Kadınlar erkeklerin mesleklerinde, erkekler kadın tarzı kıyafetlerin içinde, bir erkek hem eşcinsel hem de hakem olabiliyor, başörtülü bir kadın dans eğitmeni olabiliyor, dünyadaki testosteron ve östrojen hormonları amaçlarını değiştirdi; ne aşırı erkeksilik ne de aşırı dişilik veriyorlar. Artık tesettürlü travestiler, belki faydası olur diye dua eden ateistler var. Kış ile yaz yan yana, kutuplaşmış zihinler, muhafazakâr düşünceler, korku dolu zihin depoları esnemeye başladı. Bu geçiş sürecinde cinayetler işlendi: Öldürülen kadınlar... Siyahta kalan son erkeklerin kendilerince son vurgunları. İşlerinden çıkarılan, yuvası dağıtılan, dedikodusu yapılan eşcinseller... Siyahta kalan yobaz düşüncenin son hamleleri. Kırmızı pantolon giyene ibne diyen tüm erkekler artık pembe pantolon giyiyor. Tangaya günah diyen birçok tesettürlü kadın bu mağazalarda alışverişte; hatta gece kulüplerinin en iyi müşterileri tesettürlü kadınlar ve Araplar. En lüks düğünler boşa para harcamaz dediğiniz muhafazakâr kesimde yapılıyor. Solcu belediyelerin iftar çadırları her yerde. Dünya artık grileşmiş durumda. Az zaman kaldı, belki de kadınların öldürülmediği yıllar da tamamen gri olacak, siyah ve beyaz sadece bir futbol takımının rengi olarak kalacak. Pek yakında.'

"Sen gelmiyorsun yani Zeynep, o zaman ben Enes'le gidiyorum."

"Evet! Ya Enes başlama yine, neden yapıyorsun böyle? Lütfen sakin ol Enes. Tamam tamam, geliyorum."

"Gel işte kızım, sinirlendirme çocuğu, hadi!"

"Güzel bir tabağa koyun bari keki, offf ya hadi!"

"Bak nasıl sakinleşti sen gelince."

'Hadi abla, artık senin dönemin başlıyor. Hadi ben tüm renkli zihin toplarımı toplamışken, hepsi bir aradayken gidelim. Gün geçtikçe renkli toplarımın azaldığını hissediyorum, melekler daha az getirmeye başladılar bir süredir. Bitmeden abla, bitmeden gidelim senin için!'

"Anahtarı aldın mı, Nilgün Teyze?"

"Aldım."

"Hadi, çal kapıyı."

"Allah Allah, evde yok galiba!"

"Galiba yok, hadi neyse eve gidelim, sonra dediğim gibi siz bırakırsınız, hadi dönelim eve."

"Kız ne şanslısın, hadi Enes, hayret yıkmadı ortalığı, baksana kuzu kuzu gidiyor eve."

"Ben de şaşırdım!"

'Gelmeye gönlün oldu ya, bugün kapalı olsa da bu kapı, yarın açılacak!'

"Tamam, hadi şimdi herkes yemeğe, şöyle birlikte yemek masası sohbeti yapalım."

"Valla bugün yemek yapamadım Zeynep, hiç vaktim olmadı."

"Olsun hızlıca bir şeyler yapar yeriz. Nilgün Teyze sen pratik bir şeyler yap, makarna falan, Enes'e de köftesinden kızart. Ben de odasında biraz Enes'le oynayacağım, sonra birlikte yemek yeriz."

"Tamam kızım."

"Nilgün Teyze, kapı çalıyor."

"Tamam, Enes oğlum dur, bırak kapıya bakayım, kızım sen açsana bizimki coştu yine, bırakmıyor."

"Enes yapma ablacım, tamam bakıyorum. Kim o?"

"Benim ben!"

"Aaa, hoş geldiniz."

"Hoş bulduk, girmeyeceğim, Nilgün evde mi?"

"Evet."

"Bi baksın bana, sana zahmet."

"Nilgün Teyze, kankan seni çağırıyor!"

"Geldim, ne oldu komşuuu?"

"Şey, ne yaptın? Geç oldu, haber yok senden."

"Yarın hallederiz."

"O ne Nilgün Teyze?"

"Yok bir şey kızım, sen Enes'e baksana!"

"Kız bu saatte çalınır mı kapı? Zeynep duyarsa öldürür vallahi."

"Nilgün dedim ya sana, yarına o pastayı yapmam lazım, altı üstü bir tarif verecek."

"Kız vakit olmadı, bugün her şey üst üste geldi inan. Sabah Zeynep işe gitsin hemen hallederim."

"Bak sabah dikilirim kapıya haberin olsun."

"Orası kesin, hadi iyi akşamlar."

"Sana da canım."

■

"Mutfağa geçiyorum ben Zeynep!"

"Tamam... Enes anlat bakalım, neler yaptın bugün? Haydi gel duvarın önüne geçelim, tamam tamam açmayacağım perdeni, sen göster bakalım kartlarını. Dışarıda gezdiniz, fotoğraf çektin, tıraş oldun, evet başka... ha bir de üzümlü kek yaptın. Mutlu musun peki Enes? Biraz durgun gözüküyorsun, yoruldun mu çok? Evet mi? Yarın spor var biliyorsun, özledin mi spor hocanı? Hayır mı? Neden? Ama spora gitmemiz lazım. Sen çok severdin sporu, ne oldu böyle? Peki yarın ne yapmak istiyorsun? Haydi göster kartı. Ne uyku mu? Sen uykuyu pek sevmezsin be kardeşim. Neyse ben sana bugünümü anlatayım. Dört seansım vardı bugün. Dört ayrı kişiyle sohbet ettim. Biraz yorucuydu. İşyerinde bir de toplantı yaptık, vizyon toplantısı; gelecek için konulacak yeni hedefler hakkında. Biliyor musun, toplantıda aklıma sen geldin; hani ileride kurmayı düşündüğüm vakıf var ya, o geldi gözümün önüne. Bunun için çok mam lazım, para kazanıp ilk adımları atmamız gerekiyor. ne kadar çok kazansak da ileride sponsor bulmamız şart. Bizim gibi çok fazla aile var Enes. Hepsinin dileği bu: Tüm aileler ileride senin gibi büyüdükleri zaman, çocukları tek başlarına yaşayabilir hale gelsin istiyor. Neyse, sonra biraz kitap okudum; hani Nilgün Teyze'nin dalga geçtiği kalın kitap var ya, onu işte. Senin de merak edip elimden aldığın kitap. Şu sıralar okuduklarımı anlayamıyorum, dikkatim çabuk dağılıyor. Seninle konuşurken, gözümün önüne seanstaki halim geliyor... İnsanlar konuşuyor ben dinliyorum. Ben çok konuşmuyorum, sadece arada bir anladınız değil mi diye sorduklarında, evet demek için başımı sallıyorum. Ben de senin yanında öyleyim, sessizce verdiğin cevaplar, sürekli beni dinlemen, konuşmamıza yardımcı olan kartların, sohbetlerimize bambaşka bir hal veriyor. Seni çok seviyorum, bunu sakın unutma Enes. Bu kitaplar da ne? Yine mi odana aldın bunları. Enes çok kalın ve zor kitaplar bunlar..."

"Makarna pişti!"

"Süper, haydi Enes sofraya."

"Zeynep, bu kitapları okuyor mu gerçekten Enes?"

"Okuyabiliyor Nilgün Teyze."

"Okuyor, ama çok ağır değil mi? Anlıyor mu?"

"Ben anladığını hissediyorum."

"Valla bazen ben konuşunca bana öyle bir bakıyor ki, sanki içinden bir İlber Ortaylı çıkıyormuş gibi hissediyorum. Vallahi o anlarda yüzüne bakınca, beni küçümsediğini hissediyorum."

"Estağfurullah."

"Yok kız, her şeyi biliyor gibi bakıyor, okutma sen yine de bunları, vallahi kendimi cahil gibi hissediyorum."

"Hadi yemeğe arkadaşlar!"

"Hadi!"

"Oh mis gibi sofra, siz oturun ben içecekleri getiriyorum."

"Zeynep kapı çalıyor!"

"Akşam akşam amma sevenimiz varmış."

"Bakayım mı ben? Aaa Enes, bırak kolumu oğlum, yine başladı, ne oluyor buna kapı çaldıkça kolumu tutuyor ya!"

"Ben bakarım... Kim o?"

"Ali!"

"Buyurun?"

"İyi akşamlar, Eneslerin evi mi?"

"Evet, kardeşim olur."

"Siz Zeynep olmalısınız?"

"Evet, benim. Siz kimsiniz?"

"Ben üst kata taşınan yeni komşunuz, Ali."

"Aaa merhaba, evet Nilgün Teyze sizden bahsetmişti, buyrun."

"Rahatsız etmiyim! Eve girerken kapının önünde bir telefon buldum. Enes'inkine benziyordu, sormak istedim."

"Evet, Enes'in telefonu bu, düşürmüş olmalı."

"Bana mı gelmişti?"

"Evet, birlikte geldik."

"Birlikte mi?"

"Şey kusura bakmayın, Enes'e kuru üzüm getirmişsiniz bugün!"

"Evet."

"Üzümlü kek yaptı, tutturdu size getirmek için, beraber getirelim dedik ama evde yoktunuz."

"O zaman telefonu vereyim, kekim duruyorsa alıp gideyim ben."

"Tabii tabii, bir saniye getireyim."

"Ne oldu, neden öyle bakıyorsun Nilgün Teyze? Keki vereceğim, seninki gelmiş! Enes yukarıda telefonunu düşürmüş, adam da onu getirmiş."

"Hımmmm!"

"Ne hımmm!"

"Buyurun Enes'in keki."

"Harika görünüyor, çok severim üzümlü keki."

"Afiyet olsun, telefonu alabilir miyim?"

"Aaa tabii buyurun, iyi akşamlar."

"İyi akşamlar."

"Neden sustunuz? Neden gülüyorsun Nilgün Teyze?"

"Ne gülmesi kızım, hadi getir içecekleri."

"Ben senin aklından geçenleri biliyorum, ama boşuna."

"Offf hadi gel otur..." Kısık sesle: "Enesss, mahsus düşürdün dicem telefonu, ama senin aklına gelmez o işler, anca ben düşünürüm, neyse vesile oldu bak."

"Ne dedin?"

"Sana demedim kızım."

"Hadi afiyet olsun, ellerine sağlık, çok güzel olmuş."

"Ne nazik çocuk."

"Kaç tane köfte kızarttın Enes'e?"

"Tebessüm eden insandan zarar gelmez, baksana ilk gördüğümden beri gülüyor çocuk."

"Hadi Enes, afiyet olsun."

"Hâlâ köfte diyor."

"Nilgün Teyze, sanki Enes zayıfladı mı biraz?"

"Yok be kızım!"

"Biraz solmuş geldi de gözüme."

'Renkli toplarım azalıyor ablacım. Ablamın beni sevme şekli çok garibime gidiyor; hayatını bana adaması, sımsıkı sarılması, yanağımı sıkması, öpmesi. Aslında herkesin sevdiğini sevme şekli bu olsa gerek. Ben öpmek istediğimde sadece dudaklarımın ucunu değdirebiliyorum, sarılma gibi şeyleri pek bilmem. İnsanın sevdiğini hissedebilmesi için sarılması ya da dokunması gerekiyormuş! Ben de çok seviyorum, ama dokunmadan da hissedebiliyorum. Annemin, babamın severken aslanım, yüreğim, oğlum, her şeyim demeleri de ayrıca bir haz veriyordu. Herkes böyle mi seviyor acaba? Sıfatlar, isimler takıp, dokunup, sarılıp mı seviyor? Oysa aynı insan severken, dokunarak bütünleşmek isterken, kızdığındaysa karşısındakinden uzaklaşıp tek olmak istiyor. Neden? Kızgınlığıyla tek başına daha mı iyi mücadele ediyorlar acaba? Ya da kızgın halinden mi korkuyor? O halini başkasının görüp de küçük düşeceğini mi düşünüyor? Utanıyor mu yoksa o halinden?

Ali gerçekten gülüyor, tebessüm ediyor, sevmeyi biliyor; ilk önce sevilmeyi bekleyenlerden değil, severek zenginleşmiş biri. Gerçekten gülmeyi bilir misiniz? Aslında düşünmeden gülmektir o. İradesiz gülmektir. Gerçekten gülenler, gülmek için akıllarına cümleler getirmez veya bir şeyleri düşünüp gülmeye çalışmazlar. Onlar her an tebessüm halindedirler. Melekleri görebilen insanlardır. Meleklerde de irade yoktur ve gülmek iradesizliği sever. Hatta böyle insanlara dikkat edin, daldıklarında bile hafif bir tebessüm vardır hepsinde.

Şimdilerde çok farklı artık, gülmek için uyarıcı isteyen insanlar var her yerde. Dikkat ettiniz mi her yerde komik video paylaşımları, insanların zayıflıkları, dış görünüşleriyle dalga geçen capsler, alaya alınan yaşamlar. Sadece kahkaha atmayı mutluluk sanan insanlar. Tebessüm ile kahkaha atmayı sakın karıştırmayın. Birinde gerçekten huzur ve mutluluk vardır;

kahkahadaysa birikmiş stresi boşaltma işlemi. Yüzyıllardır tüm ülke krallarına, padişahlarına, kraliçelerine, sultanlarına bir bakın! Saraylarında daima kendilerini güldürecek komedilere ihtiyaç duymuşlardır. Saray soytarıları...

Soytarı kelimesi Arapça sahte fallus takarak gülünç ve çoğunlukla müstehcen oyunlar oynayan kişiler için kullanılan 'satir'den geliyormuş. Arapça satirin kaynağıysa Eski Yunancada keçi ayaklarıyla tasvir edilen mitolojik yaratık Satyros. Batı dillerine vakıf Ahmet Vefik Paşa Lehçe-i Osmani'de soytarı kelimesini 'taklitçi, maskara' şeklinde tanımlamış. Maskara da Arapçadan Batı dillerine geçmiş kelimelerden biri: Güldürmek, eğlendirmek için başka kılığa giren, yüzünü başka bir şeyle kaplayan, örten gibi anlamları var. Maskara ayrıca maske ve maskotla da ilgili bir kavram. Soytarılar, kralları keyiflendirip eğlendirirlermiş, ama yaptıkları işler bununla sınırlı değilmiş. Kralın gittiği her yere gider, yanından hiç ayrılmazlarmış. Kimsenin kralın yüzüne söyleyemediği gerçekleri soytarı söylermiş, yani kralı rahatsız edecek gerçekleri mizahi bir dille söylermiş. Kralların yanında sadece soytarılar yokmuş, şakşakçılar da varmış. Şaklaban, eski Türkçede alkış sesinin ismi olan şak'tan geliyor. Şakşakçı, hükümdar ne söylerse söylesin, anlamadan alkışlarmış. Bana göre teknoloji, hırs, düşünmeden yaşamak, idealsizlik, kolaya kaçmak, değerlerin yitimi gibi nedenlerden dolayı birçok insan kendini kral, hükümdar ve sultan sanıyor. Sosyal medya, iş ve siyaset dünyası, sosyal yaşamda birçok insan kendine soytarı ve şakşakçı bulmuş durumda; ama anlayamadıkları bir şey var, soytarı gerçekleri söyleyendir, onların yanındakiler soytarı bile olamaz, sadece şakşakçıdırlar.'

■

"Bak şuna Zeynep, yine bilmiş bilmiş bakıyor. Vallahi öyle bakınca kendimi cahil hissediyorum."

"Neden Nilgün Teyze?"

"Baksana ya."

"Enes küçükken, daha ilk zamanlarda durumunu anlayınca annem ve babam doktor doktor gezmeye başladılar. Ben de sürekli onlarla beraberdim. Her gittiğimiz doktordan bizimkiler ağlaya ağlaya çıkıyordu. Sadece duymak istedikleri, Enes'te bir şey yok, ileride geçer, okula verin düzelir gibi umut verici teşhislerdi, ama olmadı. Kabullenmek uzun zaman aldı. Bir gün, hiç unutmuyorum, hâlâ gözlerimin önüne geliyor: Devlet hastanelerinin birinde yaşlı, tonton bir doktora gittik. Uzmanlığı otizmli çocuklardı. Ben oraya gidene kadar bu kadar çok otizmli olduğunu bilmiyordum. Doktor Enes'i muayene etti, bazı testler yaptırdı ve birkaç kez çağırdı bizi. En sonunda, babamın işte olduğu bir gün annemle beraber götürmüştük Enes'i. Doktor dedi ki: Çok özel yetenekleri olacak, konuşamayacak ama her şeyi anlayacak. Yeteneklerini zamanla siz de fark edeceksiniz, lütfen o yeteneklerin üzerine gidin ve geliştirmesine izin verin. Hisleri çok kuvvetli ve bilimin açıklayamadığı gerçekler var. Bilim dünyası genelde bu durumlarla ilgilenmez, çünkü onlara göre bir şey açıklanamıyorsa yoktur. Ama hisleri bir kenara atamayız değil mi? Bu çocuk büyüdükçe çok şaşıracağınız şeyler yaşayacaksınız, demişti."

"Yaşadınız mı?"

"Evet, o kadar çok ki, baksana hâlâ yaşıyoruz. Bu şekilde pasta yapabilmesi normal mi sence?"

"Anlatsana biraz, merak ettim."

"Mesela 99 depremi gecesi, uyumadan önce duvardaki kartlardan dağ, deniz ve ev kartını alıp ters çevirdi. O kadar çok tekrarladı ki, artık biz takıntı zannedip kızmıştık."

"Aaaaaa!"

"Kime yaklaşmıyorsa, o insanlarda bir tuhaflık görüyordu annem. Çok ilginç; biliyorsun Enes dokunmayı, temas etmeyi sevmez. Ama annem ne zaman üzgün olsa veya bir yeri ağrısa, gider oraya dokunur ya da öperdi. Bunu belki yüzlerce kez yaşadık. Şimdi aynısını bana yapıyor."

"Hadi ya, bana neden yapmıyorsun oğlum, ağrımayan yerim yok valla."

"Nilgün Teyze..."

"Tamam tamam, başka?"

"Aklıma gelmiyor, o kadar çok ki; ama en önemlisi kaza gününden önceki gece yaptıkları hâlâ gözümün önünde. Bazen ona baktıkça anlamadığım için pişmanlık duyuyorum."

"Nasıl yani, ne olmuştu?"

"Geceden evde, yola arabayla çıkacağımızı konuşmuştuk. Enes yine huysuzlanmaya başladı ve araba kartını ters çevirip duruyor, üstünü kapatıyordu. Annem sanki anlamıştı, ama babam böyle şeylere pek inanmazdı. Annem babamı ikna edemedi, hepimiz gergin çıkmıştık yola. Son ana kadar Enes'in huysuzluğu devam etti. Sonrasını biliyorsun zaten..."

"Tövbe yarabbim! Peki pasta merakı nerden geliyor?"

"Bazı otizmli çocukların takıntılı bir şekilde merakları vardır. Hani sana gösterdiğim resimleri çizen çocuk vardı ya, onun gibi. Mesela Enes'i küçükken götürdüğümüz merkezde, binlerce şarkıyı notalarıyla ezbere bilen, başkasının seslerini bire bir taklit eden, sorduğun tarihlerin hangi günlere denk geldiğini söyleyen, dünyadaki tüm futbol takımlarının oyuncularını, liglerini, puanlarını ezbere bilen çocuklar gördüm."

"Başkası söylese hayatta inanmam, televizyonda izlerken bile, yok artık dediğim şeyler. Doktorlar ne diyor bu duruma?"

"Çoğu için bu hiç önemli değil, çünkü bu özelliklerini amaca uygun kullanmadıklarını düşünüyorlar. Hayata faydası yok, diyorlar. Bence öyle değil, işte bu durumlarda bilimin yetersizliği ortaya çıkıyor. Metafiziğe merakım buradan geliyor, başka bir enerji, başka bir boyut var burada. Herkesin göremediği..."

"O yüzden bakıyor bana ara ara, öyle bilmiş bilmiş!"

"Otizmliler bilmiş bilmiş bakmaz, ego yoktur onlarda."

"Tertemizler ya, günahsızlar."

"Aynen öyle; çocuklarda, delilerde, otizmlilerde kötü düşünce ve ego olmaz. Bu yüzden insanlar onlara kızamaz, düşmanlık besleyemez."

"Bazı haberler okuyorum, yok işte otizmli çocuğunu döven anne, bağlayan baba, özel eğitim gerektiren çocuk ve gençlere şiddet. Bunu neden yapıyor insanlar?"

"Onlar çocuklarının durumundan değil, kendileri nasıl böyle bir çocuk doğurur diye kızgınlar. Şiddeti kendilerine uygulayamadıkları için yansıtıyorlar."

"Zeynep, Enes hiç mi konuşmadı?"

"Bir dönem az da olsa konuşuyordu, ama sonra tamamen sessizleşti."

"Allah rahmet eylesin annen de baban da harika insanlardı. Maşallah sen de öylesin kızım, ara ara sana takılıyorum sevgili bul diye, ne olur kızma, kızım gibisin de ondan."

"Olur mu Nilgün Teyze, sen de benim annem gibisin artık."

"Ama lezleyen olmamana sevindim."

"Offf Nilgün Teyze ya, hadi topluyoruz sofrayı, herkes tabağını kaldırsın bakalım, Enes sen de..."

"Bak gitti yine telefonuna."

"Galiba şu adamın resmini gösterecek."

"Hangi adamın?"

"Yeni komşunun, karta bastırmamı istiyor."

"İyi iyi, bastır kızım sen de, lazım olur."

"Hımmm, efendim Enes. Tamam, yarın hallederim. Ver telefonunu, resmi kendi telefonuma göndereyim. Tamamdır."

"Hadi sen dinlen kızım biraz, ben Enes'le zaman geçiririm; sonra da uyuruz."

"Hiç fena olmaz, ben de biraz kitap okuyup yatarım. Enes iyi geceler, ben yatıyorum; hadi ver bi öpücük bakalım, yakışıklı. Hayatımdaki tek erkek, en kıymetlim benim. Oh, mis mis."

■

"Günaydın millet! Enes nerede Nilgün Teyze?"

"Ay uyuyamadım gece, sağa sola döndüm durdum. Enes'i bilmiyorum, ben de şimdi uyandım. Odasında yok mu?"

"Yok, tuvalete, mutfağa da baktım yok, senin yanında sandım."

"Yok kızım, dur kalkıyorum, bakayım."

"Allah Allah evde yok, nerede bu?"

"Panik yapma, çıkar bir yerden."

"Apartmana bir bakayım ben."

"Tamam, geliyorum ben de."

"Anahtarı unutma."

"Tamam, alıyorum."

"Apartmanda da yok, sokağa mı çıktı, birkaç gündür tuhaftı zaten."

"Bakalım, muhakkak sokaktadır."

"Enes, ne işin var dışarda."

"Bak bak, kamyonetin yanına sinmiş fotoğraf çekiyor."

"Ya yapmazdı böyle şeyler. Enes neden haber vermedin, neden bizi uyandırmadın, pijamayla çıkılır mı dışarı?"

"Hadi girelim kızım eve."

"Hadi Enes."

"Bu saatte eşya taşınır mı? Bu kamyonet ne sabahın köründe?"

"Boş ver Nilgün Teyze, hadi."

"Valla görürsem söylicem Ali'ye, ayıp. Hem Enes sen nerden gördün de indin aşağıya?"

"Hadi eve çıkıyoruz."

"Ben kahvaltı hazırlıyorum, hemen."

"Ben yemeyeceğim, işyerinde bir şeyler atıştırırım, siz yiyin, geç kalacağım yoksa."

"Tamam kızım!"

"Aman ne olur dikkat et, yeni huyları çıkmaya başladı, Allah korusun, sürekli gözetmen gerekecek."

"Haklısın, merak etme kızım."

"Enes öpüyorum seni, bugün resmi bastırıp getiriyorum, tamam mı canım?"

■

"Kim o? Aaa, sen miydin?"

"Tarifi almam lazım valla."

"Gir içeri, gir, başımın belası."

"Yaptı mı Enes?"

"Yok, şimdi birlikte yaptırırız gel, geç hadi."

"Ay harika."

"Enes, şu kadının pastasını tatsana oğlum, ver tarifi de kurtulalım, yoksa kapıda yatacak."

"Valla yatarım. Hadi Enes'im, oh mis, tattı valla, yutmuyor mu? Neden çıkardı?"

"Sadece tadını alıyor, yemiyor."
"Nasıl yani?"
"Senin gibi homini gırtlak değil."
"Hahahaha. Eee, şimdi ne olacak?"
"Malzemeleri mutfaktan çıkaracak, eksik bir şey varsa içerden kartını getirir, ama varsa."
"Sonra."
"Sonra pişirecek. Sen de izlersin işte. Öğrenirsin."
"Yemek programı gibi çok eğlenceli!"
"Bana bak mutfağı sen toplayacaksın sonra, bana iş bırakma!"
"Tamam tamam, baksana bütün malzemeleri çıkardı, ölçüleri nasıl biliyor?"
"Onu ben de bilmiyorum inan."
"Eksik bir şey yok herhalde."
"Evet, basit bir şey demek ki, hahahahaa!"
"Bak bak nasıl yapıyor Nilgün, ya harikasın Enes."
"İzle de neyi nasıl, ne kadar koyacak gör."
"Tamam tamam!"
"Sen yanında dur da, ben yatakları toplayacağım, gelirim birazdan."
"Tamam, sen işine bak, ben burdayım."
"Bir şey olursa seslen."
"Tamam."

■

"Vallahi Enes, kıskanıyorum seni, nasıl güzel yapıyorsun, sendeki yetenek bende olsa, ya TV'de program yapar ya da pastane açardım. Ay harikasın... Aaa kakao değil mi o? Çikolatadan mı yapmışlar? İlginç, nasıl vermişler tadı öyle? Biliyor musun Enes, ben evlenmeden önce kaynanam mutfağım nasıl, elimden yemek gelir mi gelmez mi diye bayağı bir teste tabi tutmuştu beni. Annem de sürekli yemek pişirmeyi öğren der dururdu. Ay sadece konuşmak ne kadar güzelmiş, hiç lafımı bölmüyorsun, dinliyorsun. Evde kimsenin dinlediği yok beni, ne çocuklar ne de kocam. Ben de yıllardır temizliğe, yemek yapmaya, komşu günlerine verdim kendimi. Anlayacağın evde herkes bir âlem. Aslında sadece biz değil, bakıyorum herkes aynı, kiminle konuşuyorsam, aynı dertten yakınıyor. Ne yapalım, işte geldik gidiyoruz, kaderimiz deyip çekiyoruz. Başka yol mu var sanki? Mutlu oluruz diye evlendik, ama nerde? Tam da annemin istediği kadın oldum, yemek yapan, çocuklarına bakan. Benim de oğlum var, ama aklı bir karış havada, evlilik yaşına geldi ama hiç evlenilmeyecek kızlarla birlikte. Yumurta kırmayı bile bilmeyen kızlar, ne edep var ne terbiye, ellerinde telefon akşama kadar öyle geziyorlar, ne olacak bilmiyorum. Aman çok şükür sağlıkları yerinde, kader işte, ne yazıldıysa çekilecek. Oğlan ufakken söz dinlerdi, vallahi mahallede parmakla gösterirlerdi, ne zaman aklı kızlara kaymaya başladı, çocuğun içinden bir canavar çıktı. Şimdi ne söz dinliyor ne anne babaya saygı var. Babası da uğraşamıyor, o da saldı gitti. Askerden sonra düzelir dedik ama nerde? Evlensin hayırlısıyla o zaman sorumluluk alır, aklı erer bence. Biz de bak, evlenince anladık annemizin babamızın kıymetini. Ah be oğlum Enes, seni de Allah ablana bağışlasın, iyileşsen de bitse bu dertler. Az çok duydum, rahmetli annen baban neler çekmiş. Ben biliyorum bizim oğlanın derdini, bu küçükken çok güzel dans ederdi, taklit yapardı, öğretmenleri konservatuvara gönderin dedi, ama babası istemedi. Ben de pek istemedim aslında. Görüyoruz televizyondakilerin halini, bir orada bir burada, kimin eli kimin cebinde belli değil. İki yıllık üniversite okudu, muhasebeci oldu. Buna da şükür vallahi, bir ara biz bu çocuk okumaz da dedik, ama okudu valla."

'Ahh siz kadınlar, ah siz ev hanımları, ah siz çoluk çocuk sahibi kadınlar. Şimdi seninle konuşuyor olsaydım, ne söylesem yine kader mi diyecektin acaba? Anlattığın ne varsa hepsi baştan aşağıya kendi gerçeklerin. Sana iyi gelen, seni tembelleştiren gerçekler. Senin gibi yüz binlerce kadın akşama kadar evde yaşıyor ve hepsi saatlerce televizyon izliyor; bu da mı kader? Annenin ve kaynananın istediği kadın oldun, peki mutlu musun? Onlar neden senden böyle biri olmanı istediler diye hiç düşündün mü? Bir kere olsun kendi dünyandan çıkıp dışarda başka nasıl hayatlar var diye düşünmedin mi? Ne korkuttu da seni yapamadın bunu? Etrafıma bakıyorum herkes aynı diyorsun ya teyzecim, çünkü birbirine benzeyen herkes bir arada. Garip olan ne biliyor musun? Bir araya gelip hep aynı şeyleri konuşmak, başka bir çare yokmuş ağıtları yakmak ve bu durumu Allah böyle istedi, nasip etti kılıfına uydurmak. Bu tür her düşünce üzerinizde uyuşturucu etkisi yaratıyor ve iyi geliyor gibi. Oğlun neden mi değişti? Eskiden uslu çocuk olmak gerekliydi; söz dinleyen, her denileni yapan, etliye sütlüye karışmayan çocuk huzuru ve düzeni bozmaz deniyordu. Böyle bastırılmış çocuklar, ergenlikten sonra varlık ihtiyaçlarını güç göstererek ellerine alıyorlar. Kaç sene söz dinlediyse, o kadar senenin baskısını bir anda atmaya başlıyorlar. Sağa sola saldırmalarının nedeni bu, sizin yüzünüzden keşfedemedikleri ne varsa yaşamak istiyorlar. Karşı cins sevdaları fazla diyorsun, tam da o döneme geliyor ergenlik. Hem birikmiş baskı hem de ergenlik bir araya gelince ne yapacaklarını bilemiyorlar. Her şeyi ellerinden gidecekmiş gibi, sonuna kadar tüketerek yaşıyorlar. Sözünü dünyaya geçirme şekilleri oluyor bu. Hem cinsel davranışlar, hem saldırganlık

hem de bağımlılıklarıyla. İşte bu dönemde sen sözünü geçiremediğin için kendini yemeğe, temizliğe ve televizyona veriyorsun. Bu da senin kendini uyuşturma şeklin. Biri çıksa sana dese ki, hayattaki amacın ne, neden böyle yaşıyorsun? Vereceğin cevap: Çocuklarımı büyüttüm, şimdi de onları evlendireceğim. Evde bekçilik mi yapıyorsun, evini mi koruyorsun? Kimden? Neden? Kaç kitap okudun yemek kitaplarından başka? Her gün televizyonda aynı şeyleri izlemek yerine, gerçek dünyada keşifler yapabiliyor musun? İnterneti kullanarak, Facebook'tan sözler paylaşmak yerine, seni geliştirecek yeni bilgiler öğreniyor musun? Bir yardımlaşma derneğine üye olup insanlığa fayda sağlamayı ne zaman düşüneceksin? Pastalarının beğenilmesi ihtiyacından vazgeçip fikirlerin üzerine yoğunlaşabilecek misin? Başına gelen her şeye kader diyen sen, gerçekten Allah'ı tanıyor musun? Kur'an-ı Kerim'i okuyup neler anlatıyor diye merak ettin mi? Kader nedir, kaza nedir diye öğrenmek istedin mi? Ezberlediğin duaların anlamlarını biliyor musun? Biraz daha erken kalkıp spor yapmak istedin mi hiç? Her akşam dizi izlemek yerine bazı akşamlar herhangi bir seminere, sinemaya, tiyatroya, konsere gitmeyi düşündün mü? Ya da ecdadının nereden geldiğini merak edip araştırdın mı? Bir yıl boyunca küçük küçük para biriktirip farklı bir şehre ya da ülkeye gidecek cesareti buldun mu kendinde? Sen birey olabildin mi teyze? Evde kimse beni dinlemiyor dedin; ama sen gerçekten onları dinleyebildin mi? Dinledin diyelim, anlayabildin mi? Senden farklı insanlardan korkmayıp, onlarla zaman geçirmeyi aklına getirdin mi? Yoksa saydıklarım için ne yapalım, benim kaderim değilmiş mi diyeceksin? Allah böyle evde oturup sürekli yemek yapmanı ve televizyon izlemeni mi istiyor sence? Peki irade ne olacak? Bak irade istek demek; insanın zincirlendiği dünyadan çıkabilmesi için ilk adımdır istemek. Yeter mi, yetmez. Sonra güç gerekir, işte burada sahip olduğun gücü kullanman şart. Sabır, istek, mücadele, istikrar ve açılım. Başka dünyaların var olup olmadığını merak etmeli insan. Bu merak duygusuyla keşfetme genini kullanmalı. Oğluna gelince... Daha çok sevişecek, ama evleneceği kadın sana hiç benzemeyecek. İnsan sohbet edemediği insanı istemez. Senden çok farklı biriyle evlenecek. Ama zamanla ne olacak biliyor musun? Bilinçaltı hortlayacak ve sonra sana benzetmeye çalışacak karısını; bu olursa tamam, olmazsa bitirecekler. Sen çok üzüleceksin, ama en sonunda olsun, kaderimiz buymuş diyerek geçici bir şekilde düzeleceksin.'

"Ah Enes, harika oldu vallahi pasta, ellerine sağlık. Nilgün, gel bak!"

"Ne oldu?"

"Bitmek üzere, harika gözüküyor!"

"Tamam, sen etrafı topla, benim de işim bitti. Enes'le çıkıp biraz hava alalım biz."

"Tamam tamam, ister misin? Bırakayım mı biraz sana da."

"Yok istemem, komşularına yedir, sağ ol."

"Ne âlemsin sen ya."

"Mutlu oldun mu?"

"Sorma, nasıl mutlu oldum bilemezsin."

"Hadi hadi çabuk, Enes sen de hazırlan çıkıyoruz? Bitti mi acaba şu taşınma işi?"

"Yok, sesler geliyor hâlâ, bitmemiş galiba, kim taşındı haberin var mı?"

"Aşk olsun, sen çoktan öğrenmişsindir şeceresini."

"Pek bir şey bildiğim yok: Bekâr bir çocukmuş, tek yaşayacakmış. Ali mi ne ismi. Ailesi çok zenginmiş, galiba Ege'de şarap işi yapıyorlarmış. Daha görmedim, ama iyi birine benziyormuş."

"Bu kadar bilgiye nereden ulaştın?"

"Emlakçıya sordum, komşumuz olacak sonuçta."

"Aferin sana, inşallah o da senin hakkında araştırma yapmaz, valla pişman olmasın çocuk buraya taşındığına."

"Aman be sen de, sordun anlattık işte! Neyse gidiyorum ben. Enes, ellerine sağlık bi tanem benim."

"Haydi iyi günler. Bana bak Zeynep'i çevirip yolda anlatma bunu."

"Neyi, yeni komşuyu mu?"

"Yok be, Enes'e pasta yaptırdığımızı."

"Tamam tamam anlatmam, görüşürüz."

■

"Oh be, en sonunda gitti, içeriden sesini duydum, bayağı konuştu değil mi yine? Ne yapayım Enes, dayanamıyorum bu kadar boş konuşmaya, neyse pasta için uzun bir süre gelmez artık. İnşallah tutar çenesini de Zeynep'e anlatmaz. Hadi giydireyim seni de biraz dışarı çıkalım, belki ablana da uğrarız ne dersin?"

6

"Ülkü Hanım, seansım bitti de biraz konuşabilir miyiz?"
"Tabii ki Zeynep, gel birlikte kahve içelim, hatta bahçeye geçelim, birer de sigara yakarız."

"Olur, çok iyi olur, hem de aklıma takılan bir şeyler var."

"Gel hadi."

"Teşekkür ederim."

"Seni dinliyorum."

"Ülkü Hanım, birkaç gündür Enes'e canım sıkıldı. Bu sabah ilk defa hiç yapmadığı bir şey yaptı. Sabah Nilgün Teyze ile ben uyurken kendi başına sokağa çıkmış, çok endişelendim. Bir süredir de rengi soluk, sanki hep yorgun gibi, anlayamadım."

"Kendi başına dışarı çıkması, bir yanıyla iyi bir gelişme, gerekli bir özgüven, ama başka bir açıdan da tehlikeli, haklısın. Ne yapıyordu sokakta?"

"Telefonunu almış, fotoğraf çekiyordu."

"En sevdiği şey!"

"Evet, ama bu durum tekrarlanacak gibi."

"Ona durumu anlatabildin mi?"

"Hayır, bu akşam gidince anlatmaya çalışacağım."

"Zeynep'çim, Enes yirmi sekiz yaşında. Belki de bu zamana kadar çoktan yapması gereken bir davranıştı; ama ona öyle güzel bakıyorsun ki, gayet uyumlu bir insan oldu. Yine de bu, böyle davranışlar yapmayacağı anlamına gelmiyor. Sonuçta biraz daha dikkatli olmak lazım, her denemesinde onu uyarmak şart. Yorgunluğuna gelince, bildiğim kadarıyla ilaç kullanmıyor, değil mi?"

"Yok kullanmıyor."

"Havaların etkisi mi acaba? Peki, mastürbasyon yapıyor mu sık sık?"

"Nilgün Teyze'nin dediğine göre bayağı azaltmış onu da; ben de uzun zamandır denk gelmedim. Dolunay zamanı da değil, çünkü o dönemler çok gergin oluyor, uyku problemi de artıyor. Ama bu öyle bir gerginliğe de benzemiyor."

"Adama sürekli pasta yaptırıp yoruyor musunuz yoksa? Şaka bir yana, bunu Enes'e sordun mu, kartlarla cevap verebilir belki ya da uzun zamandır çok istediği bir şey var da size onu mu anlatamadı?"

"Bunu da düşündüm, ama şu son zamanlarda sık sık dalıyor gibi. Bazen annemle babamı özlediğini düşünüyorum, bir ara resimleriyle uyuyordu."

"Hatırlıyorum, zor bir süreç onun için de."

"Canım yanıyor böyle zamanlarda, insan ne kadar uzman olsa da bazen yetemiyor."

"İstersen, Okan Bey'den randevu alalım bir görsün, ne dersin?"

"Galiba en doğrusu bu, yoksa içim rahat etmeyecek."

"Tamam, ben birazdan arayıp alırım randevuyu."

"Çok teşekkür ederim."

"Sen nasılsın Zeynep?"

"İyiyim Ülkü Hanım, ev ile iş arası devam her şeye."

"Özel hayatın?"

"Bu soru son zamanlarda sık sık karşıma çıkıyor, hayırlısı bakalım!"

"Neden öyle dedin?"

"Nilgün Teyze üstüme geliyor bu konuda."

"Haksız da değil sanki, biraz başını kaldırsan fena olmaz!"

"Şimdi değil, Ülkü Hanım."

"Bunun şimdisi yarını olmaz Zeynep, geldiğinde reddetme yeter. Neyse ben randevuyu alırım birazdan."

"Teşekkür ederim!"

"Şey Zeynep, ay sonunda Ankara'da psikoloji kongresi var biliyorsun."

"Evet."

"Sen de benimle geliyorsun."

"Biliyorum, seansları bu hafta organize edeceğim. Üç gün sürüyor galiba?"

"Evet, bir gün de sen ekle, biraz gezeriz."

"Tamam."

■

"Alo Nilgün Teyze, nasılsınız? Enes nasıl?"

"İyi kızım hazırlandık şimdi, biraz hava alalım dedik, hatta sana sürpriz yapıp yanına gelecektik, müsait misin?"

"Gelin gelin, müsaitim, bekliyorum."

"Tamam, yola çıkınca haber veririm, görüşürüz."

7

"Aaa, Ali oğlum ne yaptın nasıl gidiyor, daha yerleşemedin değil mi?"

"Merhabalar, yok, iş çok evde. Enes, nasılsın kardeşim? Keki yedim, hatta dün gece arkadaşlara da yedirdim, bayıldılar."

"Hangi arkadaşlara?"

"Müzik grubundan arkadaşlar yardıma gelmişti, onlara yedirdim. Enes, sen çok yeteneklisin."

"Var mı bir ihtiyacın oğlum?"

"Yok ablacım, sağ ol düşünmen yeter. Birkaç güne iyice yerleşirim, sonra komşuculuk oynarız."

"Tabii tabii, ama bak neye ihtiyacın olursa söyle."

"Teşekkür ederim. Bu arada siz nereye, fotoğraf çekmeye mi?"

"Evet, biraz gezinip ablasına gideceğiz."

"Ablası nerede?"

"İşyerinde. Zeynep psikolog."

"Aaa ne güzel, psikoloğa herkesin ihtiyacı vardır."

"Öyle vallahi, senin de olursa ihtiyacın, söyle bak."

"Hahaha, yok daha, çok şükür iyiyim. Neden dokunuyor ellerime?"

"Ben de şaşırdım, aslında dokunarak temas kurmazdı kimseyle."

"Hadi gelsenize bana, bir çay içelim? Daha ev dağınık ama oturacak bir yer buluruz."

"Yok be oğlum, Zeynep bekler."

"Sadece yarım saat."

"Bak, nasıl tuttu elini."

"O da istiyor abla, hadi gelin."

"Tamam, gelelim bari, ama yarım saat. Enes bak ona göre."

■

"Ay darmadağınık her yer, oğlum başka zaman gelseydik!"

"Geçin geçin, çay içecek yer var. Enes kafana göre takıl, her yer senin."

"Ben yaparım çayı oğlum."

"Zahmet etmeyin, karışık zaten mutfak, ben hallederim."

"Tamam o zaman, Enes dokunma oğlum eşyalara, ha şöyle çek fotoğraflarını yeter, aman kırmayalım bir şey, başımıza iş açma sakın..."

"Fotoğraf mı çekiyor?"

"Evet, sevdiği bir şey bulunca çekiyor."

"Ne güzel ya, böyle bir merakı var. Bak Enes, o baktığın şey ilkokulda müzik grubunda aldığımız ilk ödül... Bu da gümüşten yaptırdığımız üzüm. Bizim işimiz üzümden şarap yapmak. Dedem bu gümüş üzümü ofisi için yaptırmıştı, daha sonra bana hediye etti; öylece duruyor, aslında kolye ucu gibi bir şey yapıp takmak istiyorum."

"Şarapçısınız öyle mi?"

"Hahahaha."

"Neden güldün şimdi?"

"Birden şarapçı mısınız diye sorunca komik oldu. Evet aslında ailemizin işi yıllardır şarap imalatı."

"Sen düşünmüyorsun galiba o işi yapmayı?"

"Yok, hiç benlik değil şirket işleri."

"Neden?"

"Anlatırım bir ara uzun uzun."

"Su ısındıysa çayı içelim, kalkalım."

"Tamam, kaynamıştır, demleyemedim. Şimdilik sallama çayla idare edelim. Daha sonra söz, şöyle güzel demli bir çay yaparım size."

"Aman ne önemi var oğlum, maksat muhabbet. Hadi Enes, yeter artık, gel otur."

"Abla bana biraz Enes'i anlatsana."

"Neyini anlatayım oğlum, takdiriilâhi işte."

"Yok, durumunu değil, bana yetenekleri çok harika geldi."

"Valla yetenekli olmadığı bir şey yok inan."

"Ne güzel en sevdiği şeyleri yapıyor, pasta, kek, fotoğraf daha ne olsun?"

"Öyle de işte, gel bir de bize sor, ablası çok uğraşıp didiniyor onun için."

"Aslan gibi Enes, hiçbir şey olmaz ona, ondaki tutku benim çok ilgimi çekti. Enes'in fotoğraf çekerkenki yüzünü görünce, doğru karar verdiğimi anladım."

"Hangi konuda?"

"Şirkette çalışmayarak, en sevdiğim şeyin, müziğin peşinden giderek!"

"Ne deyim, topçu popçu olmak da moda oldu; yanlış anlama senin için demiyorum ama öyle."

"Ne popçu ne de topçu olmak istiyorum, sadece müzik yapma tutkum var."

"Bütün sanatçılar aç, kaset satmıyor, konser yok diyorlar."

"Gerçek sanatçı aç kalmaz ki."

"Ben anlamam vallahi, hangisi sanatçı hangisi değil; hadi Enes kalkıyoruz."

"Tamam, ısrar etmiyorum, hadi Enes görüşürüz."

"Sağ ol oğlum çay için, iyi bak kendine."

"Siz de iyi bakın, demlenmiş çay sözüm var ona göre."

"Tamam canım benim, teşekkürler."

'Tutku ne güzel kelime Ali Abi. Peşinden gittiğin, ama bir türlü yakalayamadığın. Zaten yakalarsan adı tutku olmaktan çıkıyor. Sürekli peşindesin, sürekli yolculuktasın. Galiba ben kurallardan sıyrılıp sadece tutkularımın peşindeyim; etrafımdakiler bunları yetenek zannedip izin veriyor sadece. İnan, onlara göre normal olsaydım, ne fotoğraf çekmeme ne de pasta yapmama izin verirlerdi. Tutkusunun peşinden gitmesine izin verilmeyen birçok genç cinselliğin peşinde şimdi. Futbol tutkusu varken muhasebeci yapılan, dans tutkusu varken öğretmen olan, öğretmenlik tutkusu varken polis olan, resim tutkusu varken doktor olan ne çok insan var. İnsan tutkusunun peşindeyken bilinmeyen bir dünyadan beslenir. O an duyduklarını ve gördüklerini kimse duyamaz, göremez. Bir enerji yumağının içinde kaybolmak gibi. Zekânın parladığı, aklın zirve yaptığı, motivasyonun arttığı zaman, insanın yaşadığını fark ettiği andır. Ama korkuları depolanmış ebeveynler ve toplum daha somut şeyler istiyor. Elle tutulacak, gözle görülecek, garanti olacak, herkes gibi olacak. Bu şekilde dünyanın yok olma vakti sanki hızla geliyor gibi. Bir büyük enerji yumağı gibi dünya, insanoğlunun adanacağı tutkulardan beslenen enerjisini alamamaya başladı. Her şey somutlaştıkça dünya taşa döndü. Resimler kopya, şarkılar benzer, danslar teknolojik, spor şiddetli olmaya başladı. Tutkusunun peşinde olan insanın beslendiği enerji kaynağı dünyadır. Dünyanın içindeki canlı cansız her

şeydir. Ama korku altyapılı mesleklere zorlanan insanoğlu, yemeye, içmeye, sevişmeye, eğlenmeye, unutmaya, eşyaya, paraya tutkulu olmaya başladı ve hızla hepsini tüketir oldu. Saatlerce resim yapacağı yerde engellendi, şimdilerde sadece çöp atarak doğanın resmini bozuyor. Günlerce dans edeceği yerde engellendi, şimdilerde gece kulüplerinde alkol içiyor. Yıllarca spor yapacaktı engellendi, şimdilerde herkesle kavga ediyor. Herkes tüketiyor ve arada kalan, tutkusuna izin verilmişlereyse entelektüel deniyor, farklı deniyor, şanslı deniyor, yetenekli deniyor, annesi babası modern deniyor.

Yap-geç, çalış-kazan gibi kavramlar türedi, araları ve aralarındaki süreçler hiçe sayılıyor. Bu yüzdendir, 'kazan da nasıl kazanırsan kazan' mantığı. Sonuca odaklanmış insanlardan somut verilerdir. Bu veriler ebeveynlerin ve toplumun korkularını yatıştırmak içindir. Aylık 5000 lira kazanç, sigorta, bir tane eş, en az iki çocuk, sahip olacağı bir ev, gerekirse bir araba, düzenli artan maaş ve kalan olursa yakınlara da yardım. Evi, arabası, maaşı ve sigortası olanlara sormak gerek tutkunuz var mı diye.'

"Hadi Enes doğru ablanın yanına, resim çekmeye vaktimiz kalmadı, zaten çektin de Ali'nin evinde."

'Nilgün Teyze'nin bu aceleci halleri size de bazı insanları hatırlatıyordur. Her yere yetişmek, her şeyi bilmek istercesine saldırıyor dünyaya. Hiçbir şeyden eksik kalmak istemez, bildikçe rahatlıyor, ama bilmeye çalıştığı şeyler onu kendisinden uzaklaştıran şeyler. Bunun yanında böyle insanların kimseye zararı olmaz, tek zararları kendilerinedir. Hayat sanki kendisinden çok şeyi almış ve geri vermemiş gibi her şeyi almaya çalışıyorlar. Bilmek, haberdar olmak onun alma şekli. Meraklıdır da, herkesin özelini merak eder. Öğrendiklerini nerede kul-

lanacak bilmiyorum, ama merak etmekten vazgeçmez. Kendi özelini saklamanın bir başka yoludur bu, başkaları gündemde oldukça kendileri vizyondan kalkar. Herkesin arasını yapmaya çalışır, ama kızıyla olan ilişkisini düzeltemez. Zamanında dokuyamadığı ilmekleri atıyor şimdi, başkalarının şişlerine. Zihinleri farklı çalışır, birilerinin arasını yapınca rahat etmez, gider doğru bir şey yaptığını ispatlamak istercesine sürekli sorar nasıl gidiyor diye. Allah korusun biri dese ki 'iyi gitmiyor', hemen saldırır kıymetini bilemedin diye. Çünkü, kendi yaptığının doğru mu yanlış mı olduğuyla yüzleşmek istemez. Korkaktır aslında; eleştirilmekten, dışlanmaktan, başarısızlıktan korkar. Hayata saldırdıkça kendinden kaçar. En çok bana anlatır kendisini; devamlı kendisini eleştirir, cümle aralarında gizli gizli, ama çabalar. Cevap vermeyeceğimi bildiği için, eleştirmeyeceğim için, haksızsın demeyeceğim için bana boşaltır her şeyi. Bu yüzdendir bazı kadınların çiçeğe, böceğe, kediye, köpeğe dert yanmaları. Kuytuda ağlarlar kimse görmesin diye, içinde pişmanlık karışımı olan ekşi bir gözyaşıdır akan; görene toz kaçtı der ve o cümlede bile gizleyemezler acılarını. Kalbim acıyor demek utanç verici gibi gelir, ama gözüm acıdı demekten kaçınmazlar. Bedeni yara alabilir, ama ruhundaki yaraları saklarlar. Ben böyle insanları, bir binanın orta katındaki dairelere benzetirim. Temele yakın olan bodrum katları kadar sağlam değil, en üst kattaki manzaraya sahip olan kadar da konforlu olamazlar. Aradadırlar ve biraz herkese benzerler. Sadece zaman zaman komşuculuk oynarmış gibi üst kata gider, keyif çatar hayatta, bazen de en alta inip yüzleşir ve dimdik durabileceğine inanırlar. Ama keyfi uzun sürerse de korkar, çok eğlenmeyi ve rahatlığı düşman zanneder, hak görmez, kaçar orta kata tekrardan. Temelde de çok durmaz, güçlüyüm dedikçe kendine, fitneler bir taraftan da, 'peki şöyle olursa, peki böyle olursa' gibi sabo-

te edici düşünce balonlarını patlatır, ardından da bu enkazın altında kalmamak için yine orta kata kaçar. Aslında mutluluk da, özgüven de, asıl özlem duyduğu ihtiyaçlardır, kendiyle kaldığında yüzeye çıkar bu ihtiyaçlar. Bu yüzden kendiyle kalmak istemez; sürekli merak eder başkalarını, her şeyi bilmek ister ki kendiyle baş başa kalmasın. Başkalarıyla ilgilendiği sürece kendi yoktur. Çıkamaz orta kattan bir yere; çünkü gerçekten özgüvenli ve neşeli olması için, çıkınca o kapıdan bir daha asla dönmemesi gerektiğini bilir. Alışmıştır evinin rutubetine, bozuk musluklarına, tozlanmış perdelerine; çünkü dura dura içinde göze de, kulağa da, burna da, tene de normal gelir eskimişler. Yeniler için ödenecek bedel çoktur, hatta ne gerek vardır, az da olsa, bozuk da olsa, kirli de olsa bir şekilde çalışıyordur her şey. Şükreder, ama tamir etmez hiçbir şeyi, oturur orta katında.'

8

"Hoş geldiniz, Enes, Nilgün Teyze."

"Zeynep kızım, boya mı kokuyor burası?"

"Mutfağı boyattık geçen gün."

"Hımm, nasıl aldım kokuyu?"

"Herkes alıyor Nilgün Teyze. Enes nasılsın, neler yaptın bakalım?"

"Tam evden çıkıyorduk ki Ali yakaladı bizi; bir çay içtik, sonra koşa koşa geldik buraya."

"Nilgün Teyze ne çabuk samimi oldunuz, çay içtiniz; biliyorsun hoşlanmıyorum bu durumlardan!"

"Kızım ne var, komşuyuz sonuçta."

"Tamam neyse, Enes biraz Dilara'nın yanında dursun, sen de biraz gelir misin, bir şeyler konuşacağım seninle."

"Ne oldu, hayırdır!"

"Anlatacağım. Dilara, canım biraz Enes'le sohbet eder misin, biz geliyoruz birazdan."

"Tamam Zeynep Hanım, gel bakalım yakışıklı."

■

"Ne oldu Zeynep?"

"Nilgün Teyze, birkaç gündür Enes bir tuhaf geliyor bana, sanki sürekli yorgun gibi. Dün de bizi uyandırmadan evden çıkması endişelendirdi beni."

"Aman be kızım, koca adam, olacak o kadar."

"Ülkü Hanım'a anlattım. Okan Bey'den randevu alacak, Enes'i bir muayene etsin bakalım."

"Çok biliyormuş Ülkü Hanım! Kendine baksın o, oğlu ikinci karısını almış, bir dikiş tutturamamış!"

"Çok ayıp, neden böyle konuşuyorsun?"

"Yok Enes'in bir şeyi, sapasağlam."

"Biliyorum teyzem benim, ama bu kontrolleri yaptırmamız şart. Bir de ay sonunda üç dört günlüğüne Ankara'ya gideceğim."

"Aaaa neden?"

"Bir kongreye katılmamız lazım."

"Tamam kızım, git tabii."

"Rica ediyorum, şu komşuculuk olaylarını da abartma."

"Yok be kızım!"

"Biliyorsun, çekiniyorum yeni insanlardan. Enes'in konuşamaması daha da tedirgin ediyor beni."

"Vallahi bir de konuşsa ne olacak bilmiyorum. Bana bak şu Okan Bey yüz yaşında, değil mi? Ne bilecek muayene etmeyi Allah aşkına?"

"Tamam Nilgün Teyze konuştuğumuz gibi, bugün randevu tarihi alacağız! Hadi Enes'in yanına gidelim."

"Hadi."

■

"Dilara, sana yolladığım fotoğrafı karta basabildin mi?"

"Bastım Zeynep Hanım, ay bir şey sorucam?"

"Sor."

"Kim o yakışıklı adam?"

"Dilara, yapma lütfen."

"Ama çok hoş değil mi?"

"Enes'in yeni arkadaşı."

"Ulan Enes şu arkadaşlarınla bir gün de beni tanıştır."

"Dilaraaaa!"

"Tamam, sustum."

"Enes gel bakalım, bir saat vaktim var, sonra danışanım gelecek. Ülkü Hanım'ın yanına gidelim seninle, Biraz sohbet ederiz."

"Ben ne yapayım?"

"Nilgün Teyze, Dilara ile sohbet et sen de; hem merak ettiklerin birikmiştir."

"Terbiyesiz."

■

"Ülkü Hanım, bakın kim geldi?"

"Aaaa hoş geldin Enes, nasılsın? Ver bakalım elini, tokalaşalım!"

"Çok yakışıklı oldu artık baksanıza."

"Gerçekten öyle, bizi biraz yalnız bırakır mısın acaba ablası? Şöyle iki arkadaş sohbet edelim."

"Olur tabii, ben dışardayım Enes, Nilgün Teyze'nin yanında. Enes sakin ol, biraz sonra geleceğim."

■

"Evet, Enes gözlerime bakar mısın? Hadi biraz sohbet edelim."

'Şu andan itibaren ne söylersen söyle dinlemeyeceğim seni. Çocukluğumdan beri bıktım hepinizden. Tek bildiğiniz göz kontağı kurdurmak, konuşmam için dilime yaptığınız işkenceleri hâlâ hatırlıyorum. Kavram kartları diye, eşleştirme kartları diye onlarca seans boyunca canımı sıktınız. Askeri bir eğitim sistemi gibi emirler vererek konuştunuz. Köpek eğitimleri gibi geçti yıllarım. Bu sefer dinlemeyeceğim, sen sadece konuş. Elli dakikanız dolunca apar topar dışarı gönderdiğiniz zamanları hatırlıyorum. Kapıda bekleyen anneme babama yaptıklarınızı da unutmuyorum. Ümit dolu gözlerle size bakan anneme, kalbini kırarcasına 'İşimiz zor, çok uzun süre bire bir eğitim almalı, evde siz de bizim gibi davranın,' diyerek, yıkmıştınız onu. Anneliğini yaşayamayan kadından uzman olmasını beklediniz. Bu sefer dinlemeyeceğim seni, sen dinleyeceksin beni. Şu an seninle göz kontağı kuracağım, ama ben konuşacağım: Haftada bir saat beni görerek tanıyamazsın. Kartlarla olacak iş değil bu. Ben sizin normal dediğiniz kurallara ait değilim. Senin bilgilerinden değil, üst aklın enerjisinden besleniyorum. Beslendiğim yerde göz kontağı değil, gönül kontağı kuruyoruz. Tüm bilgiler kendiliğinden geliyor, arka planda öğren diye dayatan bir komutan yok. Uyum ve sevgi kavramı yetiyor. Dayatılan değil, yaşanılan kavramlarda yüzüyorum. Sen ve senin gibileri her gördüğümde cezalandırılması gereken biri gibi hissediyorum. Daha çok acı veriyorsunuz bana. Renkli toplarımı elimden alıyorsunuz, siz kendinizi daha iyi hissedeceksiniz diye, yaşam enerjim gidiyor. Nesi yanlış geliyor? Sizin yediklerinizi yememem, izlediğiniz programları izlememem, oynadığınız oyunları oynamamam, okuduğunuz kitapları okumamam beni anormal mi yapıyor? Yıllarca anneme babama benim gibilerin sevme duyguları yok dediniz. Oysa ben sevginin ta kendisiyim, sevmelerimin teması yok, dile gelip haykıramıyorum, ağız kenarlarımdan mimik vermiyor sevgim, seni

seviyorum diye mesajlar atmıyorum, mektuplar yazıp, duygularımla resimler çizemiyorum. Ama düşümde yaşıyorum, rüyalarımda dokunuyorum, hayallerimin mektuplarını okuyabilecek uzman yok buralarda, renkli toplarımdan şekiller yapıyorum sevgi temalı, ellerimle eşyalarına dokunuyorum sevdiklerimin. Bazen size anlamsız gelen hareketlerim var ya, kendi etrafımda dönmem, ellerimi çırpmam ya da çıkardığım sesler; işte o anlarda sevdiklerimle dans ediyorum. Sizin dünyanıza göre bencilim, ama benim dünyamda ben sevginin kendisiyim. Üst aklımın adı sevgi benim. Sarhoş olduğunuzda, rüya gördüğünüzde, hayallere daldığınızda, bayıldığınızda ve en sonunda öldüğünüzde anlayacaksınız beni. Ben bilincin olmadığı her şeyin uyumlanabildiği, Tanrı'nın muhteşem enerjisine en yakın olanlardanım. Sizinle aramızdaki perdenin nedeni bu işte: Perde yok benim dünyamda. Sadece sizden farklıyım, ne üstteyim ne de altta. Beni bazen üste koyan, bazen de alta alan sadece sizin zihniniz, sizin gerçekleriniz. Şimdi ablama iyi olduğumu söylemen yeterli, tam istediğin gibi gözlerimi senden ayırmadım. Sırf ablam mutlu olsun diye gösterdiğin kartlardan beklediklerini seçtim, önüme koyduğun tuhaf mekanizmayı dikkati iyi dersin diye ellerimle ve gözlerimle takip ettim. Bunları yapabilmek için birkaç renkli topumu öldürdüm. Hadi bitirelim artık bu görüşmeyi, sen saatini doldur, ben de renkli dünyama döneyim.'

"Harikasın Enes, hadi çıkabiliriz, ablanın yanına gidelim."

■

"Hoş geldiniz, nasıl geçti sohbet?"

"Gayet güzel, dikkati, konsantrasyonu ve algılaması gayet yerinde Zeynep."

"Çok sevindim!"

"Hatta bana çok da solgun gelmedi."

"Zamanınızı aldık Ülkü Hanım, çok teşekkür ederim."

"Rica ederim, ama yine de Okan Hoca'ya gidecek, bu senin içini rahatlatır. Biliyorsun ben sadece psikiyatristim, ama bu alanın hocası da bir görsün derim."

"Haklısınız."

"Okan Hoca ancak ay sonuna randevu verebiliyor, çok yoğun; ayrıca sonrasında uzun bir yurtdışı seyahati olacak. Verebildiği tarih de bizim Ankara'da olacağımız zamana denk geliyor Zeynep."

"Nasıl yapacağız peki?"

"Bence Nilgün Teyzesi'yle giderler, daha sonra geribildirimleri telefon ya da e-posta yoluyla alırız hocadan, ne dersin?"

"Tamam olur, olur değil mi Nilgün Teyze?"

"Olur kızım, neden olmasın, ayrıca geri bildirimi bana da verebilir."

"Aman Nilgün Teyze ya çok hoşsun, tabii ki sana da verir, ama biz de ayrıntılı isteriz."

"Biz çıkalım artık Zeynep, bir şeyler yiyip eve geçeriz."

"Tamam, ne yiyeceksiniz peki? Enes, yoksa köfte patates mi?"

"Vallahi evde yemek yok, senin şu köftecide yer, öyle geçeriz."

"Vayyy, ziyafet var demek, hadi size afiyet olsun, akşam evde görüşürüz. Ne oldu Enes, ne istiyorsun?"

"Kartını istiyor galiba."

"Aaa tamam, Dilara kartı alabilir miyim?"

"Buyurun, al bakalım Enes, iyi bak kendine görüşürüz."

9

‘Gergin geçen seansın üzerinden iki hafta geçti. Ablam bu akşam Ankara’ya gidecek, ben de Nilgün Teyze ile doktora gideceğim. İkinci gergin seansım olacak.’

“Zeynep valizin tamam değil mi kızım? Bir şey unutmadın?”

“Yok, hazırım Nilgün Teyze.”

“Şampuanını aldın mı?”

“Evet.”

“Kaçtaydı uçağın?”

“Akşam 22.00’de.”

“Daha çok varmış.”

“Enes, o elindeki ne? Bakabilir miyim? Aaaaa ne güzel bir şey bu? Üzüm mü bu? Kim verdi sana bunu? Gerçekten çok güzelmiş. Nilgün Teyze?”

“Efendim.”

“Biraz bakabilir misin?”

“Geldim, ne oldu?”

“Bunu Enes’in elinden aldım? Senin mi bu? Birlikte mi aldınız? İlk defa görüyorum.”

“Amannnnnnnn!”

“Ne oldu?”

“Kız, bu Ali’nin dedesinin yadigârı.”

"Nasıl yani?"

"Çay içmeye gittiğimizde göstermişti çocuk. Üzüm bağları varmış, bunu da dedesi özel yaptırmış, Ali'ye vermiş. Ah Enes, ah!"

"Ben sana demedim mi Nilgün Teyze, gitmeyin adamın evine diye."

"Kızım ben ne biliyim, Enes'in de yeni yeni huyları çıktı!"

"Ne olacak şimdi?"

"Vallahi ben götüremem utanırım."

"Ne utanması Nilgün Teyze."

"Ben almadım, Enes aldı sonuçta; gidip uygun bir dille anlatır mısın adama? Ben hayatta gidemem."

"Ne oldu gitmeye can atıyordun."

"Al Enes'i sen git valla, hem uzmansın uygun bir dille, bilimsel bir şekilde açıklarsın."

"Of Nilgün Teyze ya!"

"Evde midir adam bu saatte?"

"Evdedir evde, geceleri çıkıyor, sonra akşama kadar evde."

"Götürmüyor musun şimdi sen?"

"Vallahi kızım sen götür, benim dilim dönmez şimdi."

"Tamam gidiyorum, Enes seninle gelince konuşacağız!"

■

"Kim o?"

"Zeynep ben."

"Merhaba, buyurun."

"Şey, kusura bakmayın, ikidir ya bir şey bırakıyoruz ya da bir şey alıyoruz."

"Nasıl, anlayamadım?"

"Enes, geçenlerde Nilgün Teyze ile size çay içmeye gelmiş."

"Evet, hatta demlenmiş çay sözüm vardı onlara, artık sözüm sizin için de geçerli."

"Çok teşekkürler, ama Enes o gün sizdeyken, yapmayacağı bir şeyi yapmış."

"Ne yapmış?"

"Size ait olan bir şeyi yanına almış, ben de bugün gördüm."

"Nedir o?"

"İşte bu."

"Vayyy, çok sevmiş demek ki."

"Evet, çok sevmiş olmalı, ama onun adına özür dilerim sizden."

"Özüre gerek yok. Enes benim evimden istediği zaman istediği şeyi alabilir, onun kredisi bende çok fazla."

"Öyle söylemeyin lütfen, bu davranışlara alışmaması lazım."

"Bunun adı hırsızlık değil, paylaşmak."

"Nasıl yani?"

"Çok sevdiğim bir şeyi o da çok sevmiş ve emanet almış!"

"Neyse tekrar kusura bakmayın, iyi bakın kendinize."

"Bir saniye, ben bunu Enes'e hediye etmek istiyorum, izin verirseniz?"

"Teşekkürler, ama olmaz!"

"Neden olmaz?"

"Bunu yapmak zorunda değilsiniz."

"Zorla olan bir durum yok, kardeşime hediye etmek istiyorum!"

"Kardeş?"

"Evet, o benim kardeşim."

"Siz bilirsiniz o zaman."

"Tamam, ben yarın müsait bir zamanda veririm kendisine."

"İyi günler."

"Çaya beklediğimi Nilgün Abla'ya söylerseniz sevinirim."

"Teşekkürler, söylerim."
"Güle güle."

■

"Ne oldu, ne dedi kızım?"
"Sizi çaya bekliyormuş, sözü varmış size!"
"Aaa evet, vallahi demlenmiş çay yapacaktı bize."
"Aman ne güzel! Lütfen Nilgün Teyze, daha dikkatli ol, senden rica ediyorum, bir daha böyle bir şey yaşatmayalım kendimize. Enes neredesin, gelelim sana. Hayatım bu yaptığın yanlış, ben üzümü Ali Bey'e verdim. Bir daha başkasının eşyasını almıyoruz, tamam mı?"

'Ne hissettin acaba onu gördüğünde? Üzümü verirken bakabildin mi gözlerine? Bir yanın heyecanlanıp diğer yanın durdurmaya çalıştı mı seni? Diplere depoladığın duygularının kapısı çalındı mı? Açmasan da kapıyı, kim acaba diye az da olsa merak ettin mi? Üzümü verirkenki mahcubiyetin ile diplerden gelen şaşkınlığın yan yana geldi mi söyle? Bir an olsun yıllardan beri yorulduğunu hissettin mi o an? Kocaman bir omuz gibi göründü mü geleceğin için? Annemle babamın acısını aklına getirip sanki daha güçlü taşıyabilirim dedin mi kendine?'

"Neden bakıyorsun bana öyle Enes? Dediklerimi anladın mı?"

'Hiçbir şey hissetmemişsin. Nasıl bir kızsın sen?'

"Dediklerimi düşün lütfen, ben biraz dışarı çıkıp geleceğim."
"Aaa nereye kızım?"
"Birkaç eşya almam gerekiyor."

"Gelirken de ekmek alır mısın?"
"Alırım."

■

"Enes kapısına gönderdin ya bu kızı, helal olsun sana. Ben bilerek ona git dedim, iyi de etmişim. Ama senin ablanda iş yok. Tutturmuş kariyer, sağa sola bakmıyor, öyle kuruyup gidecek korkuyorum. Şu kız da gidip gelse sağ salim. Dört gün ne yapacağız biz, kaldık mı baş başa?"

■

'Günaydın dünya, günaydın renkli toplarım, günaydın pastalar, kekler, günaydın Allahım. Annem senin hiç uyumadığını söylerdi, uyku, yemek bilmezmişsin, Allahım. Aslında zamanla öğrendim ben seni. Kimse bilmiyor, ama üst aklım sensin. Biliyorum bana renkli topları meleklerle gönderen sensin. Buralarda seni daha farklı tanıyanlar var. Gökyüzünde yaşadığını zannediyorlar. Yukarıdan bizlere baktığını düşünüyorlar. Birçoğu seni belli bir kalıba sokmaya, bir şekille hayal etmeye çalışıyor. Seninle konuşurken hep gökyüzüne bakıyorlar. Ellerini açıp sohbet ediyorlar seninle. Kimi senin onları cezalandıracağını, kimi de ödüller vereceğini sanıyor, bazıları da inanmıyor sana. İnsanlar korku depolarındaki seslere ve görüntülere senden daha çok önem veriyor. Kendi gerçeklerini rehber ediyorlar. Var olduğunu bilmek yetiyor onlara, ama var olduğunu hissetme kısmıyla pek azı ilgileniyor. Bir günaydının içinde olabileceğini düşünemiyorlar bile. Her şeyin toplamının sen olduğunun idrakinde değil çoğu. Ben kek yaparken de seni görebiliyorum, şekerimin içinde, unun her yerinde sen varsın. Annemle baba-

mın cenazesinde de seninle konuşmuştuk bol bol. Renkli bir sürü top yollamıştın bana. Dün gece ablam gitti ve bugün doktora gideceğiz, biliyorsun değil mi ne söyleyeceğini. Bazen çok garip ve muhteşem geliyorsun bana, her şeyi bilmek nasıl bir şey? Sadece sana şaşırıyorum her defasında, her nefesimde hayranlığım artıyor sana, mesela beni nasıl yarattın böyle? İnce bir perde çekip diğerleriyle arama, kendine daha yakın tuttun gibi hissediyorum. Yoksa bu da benim gerçeğim mi bilmiyorum, ama kimsenin görmediği renkli topları bana gönderiyorsun sürekli. İnsanlara ölüm korkusu vermişsin; kimi kabul etmiş ve daha mutlu, kimiyse kaçarcasına çarpıyor sağa sola. Ben ve benim gibilere bu hissi vermemişsin. Beni mi ibret olsun diye yarattın, yoksa onları mı? Çoğuna bakıp üzülüyorum, bazen de çoğuna bakıp seviniyorum. Yüzyıllardır bilimle uğraşıyorlar, yazılmadık kitap, yapılmadık eğitim, açılmadık okul kalmadı bu dünyada. Ay'a gidip geldiler, her yer bina, insandan fazla araba, bin bir çeşit yemek ve içecek, renkli çiçekler, renksiz hayatlar, binlerce şarkı, on binlerce şarkıcı, köprüler, uçaklar, gemiler, oyuncaklar, insanoğlu her yerde, her şeye adanmış, her şeyin peşinde. Bilim maneviyattan uzak, duygusal güdük kalmış, maneviyat ise bilimden ve ilimden uzak, yobaz kalmış. İkisini bir araya getiremiyorlar. Mesela ben güneş olsam ve bana irade versen, ara ara doğmam ya da yağmur yapsan beni, bazen bile bile yağmam; toprak etsen beni, inadına çiçek açmam; bazı sabahlar karanlıkta bırakırım insanları. Neden mi? Çoğu kıymetini bilmiyor, farkında değil gibi bazıları. Canlı cansız hiçbir şeye teşekkür etmiyorlar. Onlara teşekkür etmedikçe seni göremiyorlar. Neyse... Sana da günaydın, dünyaya günaydın.'

"Günaydın Enes."

'Sana da günaydın Nilgün Teyze.'

"Hadi bakalım, kahvaltı yapalım, sonra hazırlanıp doğru doktora. Vaktimiz var, bir kahve içerim ben, sen de duvarınla ilgilenirsin, tamam mı?"

'Sadece bana ve yapacak işine uyanma Nilgün Teyze, görüp göremediğin her şeye uyan. Evin bütün odalarına, sokakta insanlara, toprağa, kuşa uyan. Sınırlama kendini iki üç şeyle, muhteşem enerjini sınırlama. Saat 9'a; 10, 11, 12'ye... tüm saatlere uyan. Eline, kalbine, dizine, sırtına uyan. Can verilmiş cana uyan, şöyle derin bir nefes al yavaş yavaş, nefesinin sesini duy, kapa gözlerini, tüm vücuduna yay hepsini, korkma, rahat bırak kendini, sabırla bekle biraz, hiçbir şeyden eksik kalmazsın. Zamanını tüketmeyecek, elinden gitmeyecek hiçbir şey, yavaş yavaş ver nefesini, zamana karşı dur bir an. Hızına yetişmek zorunda değilsin, nefese yetişmek zorundasın. Sakin ol sadece, dün gibi değil, yarın gibi de olmayacak, başka bir gün bugün, yeni bir gün. Ne oldu sanki, deme bunları yapınca. Para mı geldi, aşk mı geldi, sorunlar mı bitti deme. Bu eylemin sonucuna beklenti koyma. İdrak beklenti sevmez, idrakin kendisi şifadır. Her adımın, her eylemin seni kazanca götürmesi gerekmiyor. Gereklilikler değil mi korkutan? Korkma bugün, sadece idrakte kal.'

10

"Ahh kapı çaldı, kim bu saatte? Kim o?"

"Ali ben."

"Ali oğlum, hayırdır sabah sabah!"

"Kahvaltı ettiniz mi?"

"Birazdan edeceğiz."

"Evde kahvaltılık malzemem bitmiş, masada bir tabaklık yer var mı?"

"Gel oğlum gel, ne demek, birlikte yapalım."

"Harika."

"Ama fırına gidip ekmek, ha bir de yumurta alırsan fena olmaz."

"Hemen gidiyorum, Enes uyandı mı?"

"O güneşle kalkar."

"Hadi geliyorum birazdan."

"Enes bak, Ali Abin de geliyor kahvaltıya. Yok yok, bu çocuk hoşlandı Zeynep'ten kesin. Yoksa bana gelecek hali yok ya sabah sabah. Enes üstünü değiştirelim gel, çıkar bakalım pijamalarını, odanı da toplayalım, kesin bu şimdi seninle vakit geçirmek ister, hadi ayıp olmasın. Bana bak, adamın üstünden bir şeyini alma sakın, valla ablan beni öldürür... Hah geldi..."

"Hoş geldin."

"Hoş bulduk, rahatsız etmiyorum değil mi, böyle biraz emrivaki oldu ama."

"Aman habersiz daha güzel oluyor, sürpriz işte bak, keyif verdin oğlum."

"Benim için de aynı şekilde keyifli, samimiyetinize güvenerek çaldım kapınızı."

"Bu kapı samimi insanlara hep açıktır."

"Enes nerde?"

"Odasında."

"Ben yanına gideyim biraz, müsait mi?"

"Müsait, ama oda dağınıksa kusura bakma artık, yabancı değilsin!"

"Olsun."

"Ben de kahvaltı hazırlayayım, istediğin bir şey var mı?"

"Çay, ekmek, peynir."

"Tamam o zaman."

"Enes günaydın, nasılsın kardeşim? Bak sana ne getirdim, düşündüm de sen bu gümüş üzümü çok sevdin, ona en iyi sen bakarsın bence. Sana hediye etmek istiyorum, al. Açıkçası duvarını merak ediyorum. Şu perdeli yer galiba, neden kapalı? Açabilir miyim? Tamam tamam, kızma hemen. Anladım sen açacaksın. Hey, harika, burada bir hayat var Enes. İnanılmaz, sen mi yaptın bunların hepsini? Niye yarısını açtın? Diğer tarafta ne var? Anladım yasak bölge orası, tamam saygı duyuyorum, özeline bu kadar girdiğim için özür dilerim. O zaman biraz kartlarını kullanıp benimle sohbet etmeye ne dersin? Bu dokunuşu evet olarak kabul ediyorum. O zaman başlayalım... Sabahları kaçta uyanıyorsun? Altı mı? Çok erken be dostum... Seni en çok mutlu eden şey ne? Pasta kartı, vay! Müzikle aran nasıl? O ne kartı? Notalar bravo... Neyse çok yormayayım seni, son soru geliyor? Şu an neyi ya da kimi düşünüyorsun? Ablanı mı? Böyle güzel şeyler düşünmene sevindim... Acıktın mı? Evet, hadi kahvaltıya."

"Hadi oturun bakalım sofraya gençler, kahvaltı hazır."

"Mis gibi kokan nedir öyle?"

"Yumurtalı ekmek."

"Harikasın sen ya, yıllar oldu yemeyeli. Annem kilo yapar diye yasaklamıştı evde."

"Hep öyle derler, gizli gizli yerler... Hahahaha!"

"Haklısın galiba, bir türlü veremedi kilolarını annem."

"Anne dedin de, annen baban nasıl?"

"Orası uzun hikâye, ama onlar hep iyidirler."

"Aman aman iyi olsunlar, aran pek yok sanırım."

"Hiçbir zaman iyi olmadı zaten!"

"Boş ver, kahvaltı yapalım, sıkma canını, sonra anlatırsın uzun uzun."

"Dinlemek istiyorsun yani."

"Anlatırsan dinlerim oğlum, ama bugün vakit yok, kahvaltıdan sonra çıkacağız hemen."

"Nereye?"

"Doktora gideceğiz Enes'le."

"Hayırdır kim hasta?"

"Ya hasta masta yok, ablasının endişeleri işte, tutturdu Enes birkaç gündür tuhaf, doktor görsün diye."

"Ne doktoru bu?"

"Var ya işte Enes gibi özel çocuklarla ilgilenen."

"Anladım, o zaman ben de geleyim?"

"Sen de mi geleceksin, işin gücün yok mu senin?"

"Benim işim geceleri."

"Valla gel, bana da arkadaş olursun."

"Tamam o zaman Enes, birlikte gidiyoruz."

"Enes o elindeki ne? Yine mi aldın onu sen?"

"Dur dur kızma abla, ben hediye ettim onu. Ablasına da söyledim zaten!"

"Ne söyledin?"

"Hediye edeceğimi."

"Ne dedi peki?"

"Bir şey demedi, teşekkür etti."

"Zeynep mi teşekkür etti?"

"Evet."

"Garip."

"Teşekkür etmez mi genelde?"

"Onu demek istemedim; böyle hediyeleri, bu tarz şeyleri kabul etmez genelde."

"Güçlü kadınlar böyledir."

"Sen de pek tanıyorsun kadınları maşallah."

"Biraz."

"Hımmmm!"

"Enes'in duvarı muhteşem, kendine bir dünya kurmuş orada."

"Ben hiçbir şey anlamıyorum, elimden gelse silip temizlicem o duvarı da."

"Öyle deme, bir hayat var orada; kimin aklına geldi bu fikir?"

"Ben o zamanlar yoktum, rahmetli annesi iletişim kurmak için yapmış."

"Allah rahmet eylesin, bilmiyordum çok üzüldüm. Sen, Zeynep ve Enes mi yaşıyorsunuz?"

"Evet."

"Babası?"

"O da rahmetli oldu."

"Çok üzücü, nasıl oldu peki?"

"Trafik kazası, ikisi de aynı anda öldü. Ah ah, ne günlerdi, bitmeyen acıydı. Enes'le Zeynep de aynı arabadaydı."

"Çok üzüldüm!"

"Aman bak oğlum, gün olur konusu açılır, bilmiyorsun tamam mı? Zeynep çok kızar bana."

"Sen merak etme."

"Hadi hazırlanalım, çıkalım artık."

"Tamam ben de eve gideyim; üstümü değiştirip iniyorum, arabam aşağıda."

"Arabayla mı gideceğiz?"

"Evet, sorun olur mu?"

"Yok, neden sorun olsun, iyi bile olur. Hadi Enes biz de hazırlanalım. Enes bayılır arabalara."

"Kardeşim benim, sen de benim gibi seviyorsun demek arabaları? Hadi görüşürüz aşağıda."

■

"Hadi atlayın bakalım, abla sen adresi söyle, gerisini bana bırak. Enes sevdin mi arabayı?"

"Sevilmeyecek gibi değil oğlum. Üstü de mi açılıyor bunun?"

"Evet ablacım!"

"Kazasız belasız kullan."

"Teşekkürler, hadi hazır mısınız? Ablacım, Enes yanıma gelsin istersen, şöyle iki erkek gidelim."

"Beni arkaya atıyorsunuz ha!"

"Senin gibi güzel bir kadını sona saklıyorum, dönüşte yanımdasın."

"Ah ne âlemsin, ay durun, ikinizin şöyle bir fotosunu çekeyim."

"Bekle abla, ben bir selfie çekeyim atarım sana, hatta Enes kardeşime atarım. Hadi Enes, şöyle yakışıklı bir poz ver bakalım!"

"Beni de çekti mi?"

"Sensiz olur mu? Bak!"

"Yakından çok kilolu çıkıyorum be oğlum. Aha Zeynep arıyor, ne diyeceğim şimdi ben?"

"Verin, ben konuşayım."

"Ay saçmalama."

"Verin verin, ben hallederim."

"Enes bırak elimi, dur ne yapıyorsun, tamam tamam veriyorum."

"Nilgün Hanım'ın telefonu."

"Alo, yanlış mı aradım?"

"Hayır buyurun, Nilgün Hanım müsait değil."

"Siz kimsiniz?"

"Ali ben."

"Ali?"

"Komşunuz."

"Bir şey mi oldu yoksa? Enes nasıl? Nilgün Teyze nerde?"

"Durun durun, sakin olun, hiçbir şey olduğu yok. Sabah güzelce kahvaltımızı yaptık, sonra Nilgün Abla Enes'in doktora gideceğini söyledi ve ben de birlikte gitmeyi teklif ettim."

"Nilgün Teyze'yi alabilir miyim lütfen?"

"Kendisi müsait değil şu an."

"Ali Bey, lütfen!"

"İnanın, Enes izin vermiyor telefonu almasına."

"Enes iyi mi?"

"Zeynep Hanım, üçümüz de iyiyiz, arabada doktora gidiyoruz."

"Ben de onu soracaktım, doktora gidiyorlar mı diye?"

"Siz merak etmeyin gidiyoruz, çıkınca Nilgün Abla arayacak sizi, isterseniz çıkışta sizin yanınıza getirebilirim Enes'i."

"Ben Ankara'dayım!"

"Hımm, orası uzak olur."

"Neyse Ali Bey, Nilgün Teyze'ye söyler misiniz, beni müsait olunca bir arasın?"

"Tamam söylerim, iyi günler."

"Ne yaptın sen? Yandım valla, şimdi çenesinden kurtulamam!"

"Sorun yok, biraz şaşkınlık iyidir."

"Sen onu bilmiyorsun, kuralları bozuldu mu, ondan habersiz bir şey yapıldı mı iyice ters olur."

"Psikolog değil mi kendisi? Sinirlenince hemen sakinleştirir kendisini!"

"Valla terziler kendi söküklerini dikemiyorlar, hele bizimki hiç."

"O zaman başka bir terziye gitmesi lazım. Bak Enes nasıl keyifli."

"Saat kaç?"

"12.00."

"Aaa seminere girmiştir, akşama kadar çıkmaz, akşam ararım sakin sakin."

"Ne semineri?"

"Aman be oğlum bu terziler toplanıp, yeni sökükleri nasıl dikeriz, onları konuşuyorlar işte."

"Hahahaha, tam benim kafadasın abla ya. Neşe lazım hayata, neşe, neşe."

'Ne güzel söyledin, neşe lazım, keyif lazım hayata. İnsanların çoğu neşeli olmayı kısa anlara sıkıştırmayı öğrenmiş. Geçici

yapıp, tekrar hüzünlerine dönme eğilimleri çok fazla. Sanıyorlar ki neşeli olmak alaya almak gibi ya da maddesel imkânları yerinde olanın hakkı gibi düşünüyorlar. Ne siyasetin neşesi var, hepsi güce dayalı; ne dinin neşesi kalmış, hepsi korkuya dayalı; evlerde neşe kalmamış, dertleri çocuk okusun; sokakta neşe yok, hepsi ötekinden Allah korusun kafasında. Neşesiz insan sabit kalır, durağan olur, ezberci olur. Neşeli olmayı tersiyle düşünmek lazım. Kederli olmanın tersidir neşeli olmak. O zaman ikisi de birbirinin ardına gizlidir. Keder olmadan neşe de olmaz. İnsan kederli, dertli olunca ayaklanır; çünkü acı harekete geçirir insanı, sorun var sinyali dolar beyne, savaşmak varoluş amacıdır; sorun ayağa kalk der, önce anla, sonra çöz der. Acılar insanın bünyesini bozar; kalbini, aklını dağıtır, hiperaktif yapar, sarsılır insan, yani sabitlikten çıkar ayaklanır. Bu sarsılma yükseğe çıkarır, kalbi acıdan gökyüzüne çıkar, yeryüzünde sorunu çözmeye çalışırken gökyüzünde manasını arar. Dert büyükse dağılma da büyük olur. Sonra an gelir keder gider, harekete geçen zihin daha çok fark eder dünyayı, her şey daha renkli, daha canlı, daha güzel görünmeye başlar. Kıymet bilmesi artar, daha çok sevimli gelir kuşlar, böcekler... Giden derdin bayramını kutlar, parti verir kalbi; etrafına toplar hayatta ne kadar canlı cansız varsa, hepsine anlatır başına gelenleri. Şükretmek, neler yaşadığını hayata anlatmak demektir. Acı döneminde ihmal ettiği için herkesten ve her şeyden özür dilemektir. Sonra manası çözüldüğü için bilgelik gelir insana, üst makamdan bakar olaylara, küçük sorunlara gülmeye başlar. Dünde olan en büyük acılar bugünün bilgesi olur. Acıda aşağıya inen mimikleri zamanla yukarı kalkmaya başlar. Bir tören havası gibidir, yaşam ritüelleri değişir, törene en büyük davetli Yaradanı'dır. Neşe acı çekenin hakkıdır. Acı çekmemiş kahkahalar hazlar dünyasındadır, onlar alaycı ve küçümseyi-

cidir, tembeldir, hazırı sever. Bu yüzden neşe lazım dünyaya. Neşe zamanı geri verir insana, acıysa zamanı alır insandan. Bu alışveriş ölene kadar devam eder. Ama bazı insanlar acının aldığı zamanı geri almayı bilmez. Korkularından cesaret edemezler. Dünyada zamanı acıya vermiş ve zamanı neşeyle geri almış iki insan vardır. Hayat, bu ikisi arasındaki ilişkidir. Biri gelir zamanı getirir avuçlarına, sen de zamanı verdiğin acıdan alamaz, sana zamanı getirenden beslenirsin. Bu yüzdendir insanın kendisini eksik hissetmesi ve diğer yanını araması. Aslında kimse eksik değildir, sadece neşeli olanlar ve kederli olanlar vardır. İkisi de bir arada iki tanedir ama hep yarım kalmışlık hissiyle bir olmaya çabalarlar.'

11

"İyi günler, bizim Okan Hoca'yla randevumuz vardı."
"Enes Bey değil mi?"
"Evet."
"Buyurun sizi bekliyor, sağdan ikinci kapı."
"Teşekkürler."
"Ben de geliyorum Nilgün Teyze."
"Tamam Ali oğlum, sen de gel."
"Hadi Enes yine beraberiz."
"Hocam iyi günler, Enes'le geldik!"
"Hoş geldiniz, sizler kimsiniz?"
"Ben Enes'in teyzesiyim, sürekli onunla ilgilenen!"
"A tamam, Ülkü Hanım sizden bahsetmişti. Peki siz?"
"Ben de abisiyim!"
"Tamam Enes'le bana biraz müsaade eder misiniz? Buyurun, siz bekleme odasında bir şeyler için. Ben daha sonra sizi çağıracağım."
"Tamam, hadi Nilgün Abla, biz çıkalım. Enes, hadi aslanım birazdan görüşürüz."

■

"Bitti mi?"
"Evet teyzesi."

"Biz gelelim mi?"

"Buyurun."

"Evet, sizi dinliyoruz doktor bey."

"Abisiydiniz, değil mi?"

"Evet."

"Genel zihinsel ve motor becerilerinde bir problem yok. Dikkat ve algıyla ilgili çalışmada biraz yorgunluk fark ettim."

"Havalardan olmasın."

"Bilemiyorum, ama detaylı bir kan testine ihtiyacımız var."

"Tamam, yaptıralım."

"Ben Ülkü Hanım'a ayrıntılı bir e-posta yazarım."

"Teşekkürler."

"Rica ederim. Enes görüşmek üzere."

■

"Hadi atlayın bakalım arabaya. Nilgün Teyze sen öne oturuyorsun, gezmeye gidiyoruz!"

"Yok be oğlum şaka yapmıştım, arkada otururum ben, hem nereye gidiyoruz?"

"Bana bırakın, demek Enes biraz yorulmuş, o zaman gezip eğlenmek lazım."

"Hay yaşa ne iyi olur valla! Ben Zeynep'e bir mesaj atayım, müsait olunca arasın."

"Tamamdır, ama ararsa ben konuşurum."

"Oğlum çıldırtıcak mısın kızı?"

"Sen rahat ol, hallederim ben."

"Amaan bıraktım oluruna, tamam ne dersen o."

"Ha işte böyle, attın mı mesajı?"

"Attım attım, arar birazdan, nereye gidiyoruz?"

"Bugün tüm gün boşum, önce sahile inip gezelim, bir şeyler içeriz, sonra sizi çalıştığım bara götüreceğim, arkadaşlar orada, Enes'i tanıştıracağım."

"Bu saatte bar mı olur?"

"Açık değil, arkadaşlar provada, ben izin istedim dinlenmek için."

"Sonra."

"Sonra da alışveriş yaparız. Enes'e biraz malzeme alırız, Enes bize kek yapacak, ben de onu izlemek istiyorum."

"Bir kek eksikti, sen de başladın."

"Hadi gidiyoruz!"

"Hah, işte arıyor bizimki."

"Alayım telefonu, alo."

"Alo."

"Zeynep Hanım."

"Ali Bey yine mi siz?"

"Evet, az önce doktordan çıktık, rapor vermek istedim size."

"Nilgün Teyze neden vermiyor o raporu?"

"Kendisi meşgul, malum Enes izin vermiyor."

"Çok meraktayım, lütfen öğrenebilir miyim, ne oldu?"

"Genel zihin ve motor becerilerinde bir problem yok, ama dikkat ile algı biraz zayıflamış, biraz yorgun görmüş Enes'i."

"Ben fark etmiştim yorgunluğunu, onun için ne dedi?"

"Ayrıntılı bir kan testi istedi, ayrıca tüm geribildirimi Ülkü Hanım'ın e-postasına atacakmış. Doktor ne dediyse, olduğu gibi size aktarıyorum."

"Teşekkür ederim, ama inanın şaşkınım."

"Neden?"

"Bir anda girdiniz hayatımıza, alışkın değilim. Enes nasıl? Huzursuzlaştı mı doktorda?"

"Gayet sakin ve huzurluydu."

"Güzel, izninizle seminere girmek zorundayım, arayı beklemeden çıktım da."

"Size iyi dersler, aaa bu arada izin alacaktım sizden!"

"Ne için?"

"Biz üçümüz biraz sahilde gezip sonra da çalıştığım bara uğrayacağız; daha sonra da evde üzümlü kek yapacağız, ne dersiniz?"

"Bar mı?"

"Merak etmeyin, bar açık değil, arkadaşlar provada. Hem Enes de hemen hemen buralara gidecek yaşta."

"Bilemiyorum."

"Söz veriyorum, her şey bittikten sonra ayrıntılı bir rapor vereceğim."

"Nasıl yani?"

"Dilerseniz e-posta da atabilirim!"

"Rica ederim, dalga mı geçiyorsunuz?"

"Gayet ciddiyim, kardeşini bu kadar önemseyen ve seven birisi için ayrıntılar önemlidir."

"Tamam, teşekkür ederim gitmem lazım."

"İyi dersler."

"Bak bu kadar basit işte!"

"Vallahi çok şaşkınım oğlum, bu duvar gibi kızı inşallah sen yumuşatacaksın!"

"O kadar mı sert?"

"Hem de nasıl? Hem bana bak, sen Zeynep'ten hoşlanıyor musun? Söyle bakalım bana."

"Nereden çıktı bu şimdi Nilgün Abla? Ben senden hoşlanıyorum, o yüzden seninle birlikteyim."

"Bana bak."

"Tamam tamam kızma, ben açıksözlüyüm, bir şeyleri saklamayı sevmem. Zeynep o akşam gümüş üzümü bana getirdiğinde gözlerine bakınca bir tuhaf oldum, uzun zamandır heyecanlanmamıştım, sadece tanımak istiyorum."

"Aman Allahım, vallahi çok sevindim!"

"Ne oldu? Evde mi kalmıştı? Neden bu kadar sevindin?"

"Ay sus be, hahahahaha! Enes duydun mu?"

"Nilgün Abla."

"Efendim."

"Aramızda."

"Aaa, tamam tamam, neden baktın Enes öyle, aramızda dediysem aramızda; Enes, Enes, ne oldu, iyi misin? Enes oğlum yüzüme bak!"

"Ne oldu? Enes, kan mı o?"

"Allah korusun, bir yere mi çarptı acaba? Enes oğlum, neren ağrıyor söyle."

"Bir yere çarpmamış, ateşi var sanki!"

"Neden ağzından kan geliyor, Enes aç ağzını aç, aç."

"Dur ben bakarım, evet ağzından geliyor, ateşi de yüksek sanki."

"Oğlum hemen hastaneye gidelim. Aman Allahım, aman Yarabbim."

"Sakin ol Nilgün Abla, hadi gidiyoruz."

"Enes oğlum, kafanı yukarda tut. Ah be yavrum, dili de yok ki acısını söylesin."

"Tamam Nilgün Abla az kaldı, geldik hastaneye."

"Ah ben Zeynep'e ne derim? Aman Allahım, bir yere vurdu da görmedik mi? Allahım iç organlarına mı bir şey oldu?"

"Geldik, acil kapısına yanaşıyorum, hadi Enes'im az kaldı kardeşim."

"Ah yavrum, ah kuzum; hadi hadi inelim hemen."

"Gel bakalım Enes, pardon bir sedye getirebilir misiniz? Acil durum."

"Ah uzat, Enes yavrum iyi misin? Ali, doktorlara otizmli olduğunu, konuşamadığını da söyle."

"Tamam, acil doktorunu görebilir miyim? Doktor bey merhaba, kardeşim Enes, otizmli ve konuşamıyor."

"Geçmiş olsun şikâyet nedir?"

"Arabadaydık bir anda halsizleşti, ağzından kan gelmeye başladı, ateşi de çok yüksek, apar topar getirdik."

"Önemli bir rahatsızlığı var mı?"

"Yok oğlum yok, sapasağlam çocuk."

"Tamam, hemen muayene edelim, yakını mısınız birinizin yanımızda olması iyi olur!"

"Ben geleyim, teyzesiyim."

"Tamam, Nilgün Abla, ben kapıdayım bir şey olursa."

"Ah Ali oğlum, ah!"

"Sakin ol bekliyorum ben seni, koca adama bir şey olmaz. Hadi Enes'im bekliyorum seni kapıda."

'İlk defa bu kadar habersiz kaldım meleklerden. Toplarım, balonlarım renklerini kaybetmeye başladı. Vücudum ağrıyor, ama sürekli değil, arada bir buradayım deyip gidiyor. Perdelerim inceldi iyice, hangi tarafa gideceğimi bilemiyorum. Annemle babamın yüzü beliriyor diğer tarafta, bir tarafta da renkli balonlarım, toplarım var. Ben de bilmiyorum bu durumun nedenini, ama arada bir meleklerin gelmemesinden hissediyordum. Kızmamışlardır diye emindim; belki de benim onlara gitme zamanım gelmiştir. Ablamın hediyesini vermeden gelmeyeceğim. Bedenim sıkılmaya başladı ruhumdan sadece. Yavaş yavaş soyulmak istiyormuş gibi. Elimde değil ki olanlar.

Neşe mi demiştik az önce, haykıra haykıra? Evet neşe lazım, bu acımın sonrasına, neşelen abla, neşen neşemdir.'

"Ne oldu Nilgün Abla?"

"Bilmiyorum, birkaç bir şey sorup çıkardılar beni!"

"Enes nasıl?"

"Oğlum benim, dili yok ki, öylece baktı yüzüme."

"Hiç merak etme, iyileşecek."

"Ben Zeynep'e ne derim şimdi?"

"Senin bir suçun yok abla; hastalandı Enes, olduğu gibi anlatacağız."

"Arayıp söylemem lazım, geç haber verirsem kızar."

"Kesinlikle bilmesi lazım."

"Nasıl arayacağım, nasıl söyleyeceğim?"

"Güçlü ol ablacım, hadi vakit geçmeden ara hemen."

"Açmıyor."

"Mesaj at, acil durum olduğunu yaz."

"Tamam."

"Haaa arıyor, alo Zeynep!"

"Ne oldu Nilgün Teyze?"

"Zeynep!"

"Ne oldu söyler misin? Sesin niye öyle, neden ağlıyorsun?"

"Zeynep, Enes fenalaştı, hastaneye kaldırdık kızım."

"Ne, fenalaştı mı? Neden, ne oldu? Ağlama lütfen, anlatır mısın? Sakin ol Nilgün Teyze."

"Ay konuşamayacağım ben. Ali oğlum sen al ne olur."

"Alo Zeynep!"

"Ali Bey ne oldu? Lütfen, kaza mı geçirdiniz yoksa?"

"Hayır, sakin olun lütfen; sadece bir anda ateşi yükseldi, halsizleşti. Biz de hemen hastaneye getirdik."

"Nerede şimdi, yanınızda mı? Doktor ne dedi?"

"Müşahede altına aldılar, bekliyoruz."

"Aman Allahım, hemen ilk uçakla geliyorum."

"Tamam biz buradayız zaten sürekli konuşuruz da, gelişmeleri anlatırım size."

"Lütfen, ne olur?"

"Merak etmeyin, ben de buradayım; yanlarında olacağım."

"Teşekkür ederim, ne olur Nilgün Teyze de sakin olsun, geliyorum ben."

"Tamam, siz merak etmeyin."

"Ha doktor bey, nedir durum?"

"Ateşi düştü, diş etlerinde kanama var, çok yüksekti ateşi; ona bağlı bir durum da olabilir ama birkaç test yapılması lazım."

"Üşütmüş olabilir mi? İnce ince çıktı dışarı."

"Gribal bir durum gibi gözükmüyor, ama şu an net bir şey söyleyemem. Testler bir yapılsın."

"Burada mıyız yani?"

"Evet, bir süre burada kalması lazım."

"Yanına girebilir miyiz?"

"Tabii, yalnız özel doktoruyla görüşmemiz lazım, alerjisi olduğu ya da kullanmaması gereken ilaçlar var mı, bilmemiz gerekiyor. Biliyorsunuz, bazı tedavilere otizmlilerde hassasiyetler çok fazla olabiliyor."

■

"Alo, Zeynep, Ali ben, bu benim numaram kaydet istersen."

"Peki, kaydediyorum hemen Ali Bey."

"Ne olur Ali Bey demeyi bırak, Ali de bana."

"Tamam, ne oldu?"

"Enes'in özel doktorundan dosya almamız lazımmış, ilaçlara olan alerjisi ya da herhangi bir özel durum için. Buradaki doktor istedi."

"Neden? Neymiş? Ne olmuş?"

"Diş etinde kanama varmış, ateşini düşürdüler, ama birkaç test yapılması lazımmış. Onlar için acilen bu bilgilere ulaşmam lazım dedi doktor."

"Tamam, ama Enes'in özel klinik dosyası bizim ofiste, Dilara Hanım'da; ben hemen arayıp bulunduğunuz hastaneye getirmesini söylüyorum."

"Dur, sen haber ver dosyayı hazırlasın, ben gidip alırım."

"Tamam, arıyorum."

"Tamam, lütfen sakin ol, her şey kontrol altında. Enes'in yanındaydık, ateşi düşmüş, gayet iyi."

"Tamam, çok teşekkür ederim. Uçağı ayarladım bir saat sonra kalkacak."

"Tamam, ben seni alırım havalimanından."

"Hiç gerek yok, taksiye atlar gelirim."

"Olmaz, hem yolda durumu anlatırım, merakta kalmazsın."

"Tamam o zaman."

"Sen uçak saatini mesaj at bana, ona göre hazır olurum havalimanında."

"Teşekkürler."

■

"Nilgün Abla, Zeynep'in çalıştığı kliniğin adresi lazım bana."

"Neden?"

"Enes'in klinik dosyası oradaymış, alıp getireceğim doktora."

"Ah sağ ol oğlum, Allah razı olsun senden. Al bu kartı, üzerinde yazıyor."

"Tamam, hemen gidip geliyorum; sen merak etme, bir şey olursa telefonum açık, ararsın beni."

"Bende yok ama senin numaran."

"Ver, hemen kaydedeyim."

"Tamam."

"Enes kardeşim, ben hemen geliyorum. Ablanla da konuştum o da birazdan yola çıkıyor; onu da alıp geleceğim."

'Ne güzel hazırlanıyor hediyem sana ablacım.'

■

"Oy ne güzel gülüyorsun Enes'im, canım oğlum geldin mi kendine? İyisin değil mi yavrum? Bak ablan da geliyor. Vallahi hepimizin yüreğini ağzına getirdin."

'İyiyim Nilgün Teyze, hem de çok iyiyim. Bak sen de fark etmişsin, göz kenarlarıma koyduğum mutluluk mimiklerimi. Biliyor musun ben hep ne istedim? Ablam bu dünyada en çok beni düşündü. Hep der ya: Bana bir şey olursa Enes'e kim bakacak, diye? Onun için vakıf kurma hayalleri var ya; vakıfta onun bana baktığı gibi bakacaklarını düşündü hep. Ben de hep onu düşündüm Nilgün Teyze. Ben bir gün gidersem, o ne yapacak diye. Ben gidersem o burada tek kalacak, ama ben annemle babamın yanında olacağım. Asıl ben değil, o daha önemli. Ben de hep bunu düşündüm. Ben hiçbir zaman tek başıma olmadım, meleklerim var benim. Ama ablam tek kalacaktı, ona da bir melek lazım Nilgün Teyze. Herkesin melekleri vardır, kimi için sarılabildiğidir, kimi içinse sarılabildiğini hayal ettiğidir. Benim dünyam hayalden, düşlerden ibaret; her yanım sarılabildiğim meleklerle dolu. Hadi ver elini Nilgün Teyze sana bir şey anlatmam lazım.'

"Neden kaldırdın elini Enes? Anladım, elimi mi tutacaksın? Tamam, tut bakalım. Aaa neden çekiyorsun, tamam tamam yanına oturuyorum. Oh, mis iyi oldu, dinleneyim oğlumun yanında.

Ellerini yerim ben senin. Ay Enes, başımı neden seviyorsun, biri görse çocuk seviyor gibi valla. Oy iyi geldi valla, canım benim..."

'İşte tam burası Nilgün Teyze; bak ensene, taş gibi semsert olmuş, neden biliyor musun? Hep dimdik tutmaya çalışmaktan. Ah be Nilgün Teyze tek derdiniz bu, başınızı herkese ve her şeye karşı dimdik tutmak. Yürürken, otururken, konuşurken her yerde hem de. Bazen elini koyarsın ya yanağına, karşındaki dinliyorsun sanar, ama yorulmuş başını dinlendirmek içindir o. En mahrem yeridir insanın baş bölgesi, küçükken merhametle okşanmış, sevilmiş, yüzüne, gözüne bakılmış, saçları taranmış, ensesine öpücük kondurulmuş mahremidir. Hep böyle gidecek sanır ya insan, işte gün gelir anlar, bazen ne gözüne, ne yüzüne bakan, ne enseni okşayan ne de öpen biri vardır; hepsi sana kalır. İnsan kendisini bir başkasının sevmesi gibi sevebilir mi? Bunu yapamadığı için dimdik durmaya çalışır. Kimse bakmaz eline ayağına, çünkü herkes yüzünden tanır seni. İnsanın yüzünü, gözünü ve ensesi sevecek biri lazım bu hayatta. Severken yorgunluğunu alan biri lazım, çocukluğuna götürecek biri lazım. Ama artık birçok insan diğerlerinin sadece bedenlerine yakın. Sevişirken bile birbirine bakmayan karı kocalar, kadını kalça ve göğüsten tanımlayan erkekler, erkeği kaslarından yorumlayan kadınlar var. Yüzü yaşlanır insanın ve önce yüzünü güzel göstermek ister. İlk estetikleri oraya yaptırır. Güzelim, güçlüyüm, yakışıklıyım, kimseye ihtiyacım yok der, ama bedeni hep birilerini ister. O baş utancından eğilmeli sadece, yalnızlıktan değil. Utanmak erdemdir, ama yalnızlık hüzündür. Hüzün enseye vurur, ilk orayı ağrıtır ve yorar, düşer başı insanın, yalnızlık birikir enseye, ama yine de oynar insan dimdik durma çabasıyla herkese. İnsanın elleri bir konuşsa neler anlatır, bilir misin? Kaç cümleyi, kaç kelimeyi parmak parmak sakladığını ağzına götü-

rerek. Ve kaç yalnızlığı örttü o eller, çeneden kavrayarak. Bu yüzden öyle bir sevilmeli ki insan, tam enseden, tam başından, zorla herkese dimdik durmak yerine, huzurla ve güvende olarak yaşamalı insan. Ve öyle sevmeli ki seven, sevdiği ona baktığında sadece utancından eğilmeli, onun dışında izin vermemeli.'

"Ah be Enes ne iyi geldi, valla masaj gibi."

■

"Hah, hoş geldin oğlum, aldın mı dosyayı?"

"Aldım aldım, şimdi doktoru bulup vereceğim."

"Ha tamam, sağ ol, hadi ben Enes'leyim."

"Tamam, Zeynep uçağa binmiş birazdan gidip onu da alıp gelirim."

"Ah ah, Hızır gibisin vallahi."

"Enes, iyi misin kardeşim? Geliyorum birazdan."

'Çok iyiyim, hem de çok.'

■

"Tamam, dosyayı verdim, şimdi de havalimanına gidiyorum."

"Oğlum bi soluklansaydın."

"Gerek yok, iner birazdan Zeynep, trafik de vardır anca giderim."

"Peki, hadi git gel sağlıcakla. Doktor bir şey dedi mi?"

"Biz gelene kadar birkaç test yapılacak, sonra çıkabilirmişiz!"

"Oh çok şükür, gidiceğiz evimize."

"Hadi görüşürüz Enes."

12

"Alo, çıktım ben, kapıdayım!"

"Tamam, ben de geldim, ama polis izin vermiyor, inemiyorum. Tam kapıda siyah tek kapı bir araba, gördüm seni, korna çalıyorum!"

"Tamam, ben de gördüm, geliyorum."

"Hoş geldin."

"Hoş bulduk."

"Nasıl geçti yolculuk?"

"Yüreğim ağzımda geldim. Enes nasıl, ne yaptınız?"

"Merak etme, biz gidene kadar çıkarırlar Enes'i. Ben dosyayı verdim doktora, birkaç test yapılacak, gidene kadar hallederler."

"Ne oldu, tam olarak anlatır mısın bana?"

"Arabada giderken birden Nilgün Teyze fark etti, Enes'in ağzından kan geliyor dedi."

"Aman Allahım!"

"Bir yere çarptı sandık ama değilmiş; ateşi de çok yüksekti, bir halsizlik çökmüştü üstüne. Sonrası malum, hemen hastaneye gittik."

"Bu halsizliği beni de birkaç gündür endişelendiriyordu. İnşallah kötü bir şey çıkmaz."

"Merak etme, sapasağlam benim kardeşim."

"Ali Bey."

"Ali."

"Tamam Ali... Enes'e bu yakınlığını anlamış değilim, bazı sert tepkiler vermemin nedeni de bu. Korkumdan inan."

"Biliyorum, haklısın, ama ben Enes'i gördüğüm an sevdim, kanım ısındı. Bana çok masum geldi."

"Öyledir."

"Yaşam amacımı sorgulattı bana, aldığım kararlarda ne kadar haklı olduğumu hissettirdi."

"Ne gibi kararlar?"

"Ailemden ayrılma kararımda özellikle!"

"Çok trafik var."

"Sakin ol, o yüzden ben geldim zaten, sohbet ede ede gideriz diye."

"Yani Enes çok özeldir; sadece yetenekleriyle değil, insanı iyileştiren bir yanı var. Her şeyim o benim."

"Bak bu dediğini o kadar yoğun hissettim ki, bana da garip bir şekilde iyi geldi Enes."

"O da seni sevmiş sanırım."

"Bana kardeş oldu aslında."

"Nilgün Teyze'yi arasam mı?"

"Ara, rahat edeceksen."

"Alo Nilgün Teyze, yoldayız biz geliyoruz, merak etme. Enes iyi mi? Oh çok şükür, hadi görüşürüz birazdan."

"Çok seviyorsun onları."

"Hem de nasıl?"

"Kusura bakma seni sormadım, sen ne iş yapıyorsun?"

"Müzisyenim, İzmir'den geldim, ailemden ayrıldım, aşkımın peşinden kaçtım buralara."

"Sevgilin için mi?"

"Hayır, müzik için."

"Can sıkıntısından soruyorum, rahatsız oluyorsan lütfen söyle."

"Hayır hayır, zaten birbirimizi tanımamız lazım iyice."

"Nasıl yani?"

"Eee, komşuyuz ve ikimiz de Enes'i çok seviyoruz!"

"Garip birisin."

"Tatlı kızsın!"

Sessizlik...

"Yani fazla özgüvenli, dışadönük, sevecen, benim tam tersim."

"Analiz yapmasak hocam."

"Bunu bana hep söylerler; bazen elimde olmadan uzman üslubuyla konuşuyorum galiba, kusura bakma."

"Aslında kendimi bir uzmandan duymak isterim. Çocukken gitmediğim psikolog kalmadı, çok da sevmem psikologları."

"Neden götürdüler?"

"Hiperaktiftim, yerimde duramıyordum, derslerim iyi değildi, sürekli müzik dinliyordum. Eee, tabii annemin istediği gibi bir çocuk olamadım."

"Faydası oldu mu peki psikologların?"

"Tabii ki hayır. Onlar hep ders çalışmam gerektiğini söylerlerdi, dikkatim için vermedikleri ilaç kalmadı. Hepsi de beni uyuşturuyordu, müzik yapmama engel oluyordu, ben de bir daha gitmedim."

"Gerekli görmeseler ilaç vermezlerdi."

"Belki de ilaçlara beni gerekli gördüler."

"Anlamadım."

"Tabii ki her meslekte iyiler, çalışkanlar ve tam tersi olanlar var. Bana tersleri denk geldi galiba. Beni gerçekten anlasalardı, müzik yapmam için desteklerlerdi."

"Hımmm."

"Neyse boş ver beni, biraz da sen anlat bakalım?"

"Annem ve babam öldükten sonra tek amacım Enes oldu."

"Takdir ediyorum bu yanını."

"Kim olsa aynısını yapar, benimki özel bir durum değil."

"Zeynep, sana bir şey söylemek istiyorum."

"Dinliyorum."

"Seni daha yakından tanımak istiyorum."

"Ali, ben... Şimdi bunu konuşacak zaman değil bence."

"O zaman bir söz istiyorum, Enes iyileşecek ve en kısa zamanda bir kahve içeceğiz."

"Kardeşim hastanede ve senin benden istediğin şeye bak."

"Zeynep, ben Enes'in de abisi olmak istiyorum... Ben fırsatçı biri değilim ve bu durumdan faydalanmak gibi bir derdim de yok."

"Enes'e abi olmak, ne güzel geldi kulağıma."

"Sana da yakın olmak istiyorum."

"Tamam, en kısa zamanda bir kahve içeceğiz, söz!"

"Teşekkür ederim."

"Ne kadar kaldı?"

"Az kaldı, geldik."

■

"Nilgün Teyze, Enes, canımmm!"

"Kızım hoş geldin. Enes çok iyi, ateşi de düştü, testleri de yapıldı."

"Doktor nerede? Konuşmam lazım."

"Gel Zeynep, birlikte gidelim odasına. Nilgün Abla siz bekleyin, geliyoruz biz."

"Tamam oğlum."

"Enes gördün mü bak! Zeynep'i de almış gelmiş; yolda şimdi iyice konuşmuşlardır. Hadi Allahım, bir yerden acı bir yerden mutluluk veriyorsun, hadi bakalım hayırlısı!"

■

"Doktor bey merhaba, ben Enes'in ablası Zeynep."

"Hoş geldiniz, abisi ablası ne kadar çok seveni var."

"Şehir dışındaydım, duyunca anca gelebildim."

"Olsun Zeynep Hanım. Şimdi Enes'in ateşini düşürdük, ama genel bir test yapmak zorundaydık, onlar da yapıldı, test sonuçlarınıysa birkaç güne alabileceksiniz. Ben size haber vereceğim, o zaman gelirsiniz ve daha ayrıntılı görüşürüz. Şimdilik Enes çıkabilir, yalnız çok yorulmasın, doğruca eve gidip dinlensin."

"Halsizliği neden olabilir acaba?"

"Hepsini test sonucunda görebileceğiz. Röntgen ve ultrasonda bir şey çıkmadı, ama kan testleri daha ayrıntılı ve net bir bilgi verecek bize."

"Bu testler hemen aynı gün çıkmıyor mu?"

"Kan değerlerini görebilmek için normal bir test uyguladık, ama içime sinmedi, araştırılması lazım."

"Kötü bir şey yok, umarım!"

"Zeynep Hanım size haber vereceğim, şimdi sakin olun. Enes de daha fazla yorulmasın, zaten stres oldu burada, eve gidin dinlensin."

"Ben iletişim bilgilerimi bırakayım o zaman."

"Ali Bey hepsini bıraktı."
"Benim numaram?"
"Onu da verdi kendisi, doğrudan sizi arayacağız."
"Teşekkür ederim, iyi çalışmalar."
"Rica ederim, size de geçmiş olsun tekrar."

■

"Ali, doktor neden böyle konuştu?"
"Prosedür. Hadi Enes'i alıp gidelim artık eve."
"Tamam."

13

"Oh evimize geldik çok şükür. Zeynep, bir çay atayım ocağın üstüne de şöyle rahat rahat içelim."

"Tamam, Nilgün Teyze, ben de Enes'in üstünü değiştirip geliyorum."

"Ben ne yapayım?"

"Ali oğlum, sen de gel bana yardım et, çayın yanına bir şeyler yapalım."

"Tamamdır."

■

"Enes, ablam, canım benim, iyisin değil mi? Çok korkuttun beni bir tanem, ama çok şükür evdeyiz ve iyisin. Ben hep yanında olacağım. Hadi üstünü değiştirelim, hayır mı? Tamam, ben giysilerini veriyorum, sen kendin giyeceksin, yanında durmam merak etme. Ne o elindeki? Gümüş üzüm, Ali Abin verdi değil mi? Evet, bana da söyledi hediye edeceğini. Güle güle kullan o zaman. Enes sana bir şey soracağım: Ali Abin nasıl biri? Melek kartı mı? Demek Ali Abin bir melek? Doğru mu anladım? Evet... Benim onunla arkadaş olmamı istiyor musun? Evet... Zaten anlamıştım bunu istediğini. Olacağım Enes, söz veriyorum sana... Hadi bu akşam ne istiyorsan onu yapalım. Ne istersin bir tanem? Kek mi yapmak istiyorsun? Ama dinlenmen lazım. Tamam tamam, kek yap bize o zaman. Hadi mutfağa..."

"Hey millet Enes kek yapmak istiyor."

"Ne keki be kızım, akşam akşam? Dinlensin biraz."

"Bence harika olur Enes, hem merak ediyordum nasıl yaptığını."

"Olsun Nilgün Teyze, biliyorsun kek yaparken çok mutlu oluyor, çayımız var mı?"

"Olmaz mı, birazdan demini alır. Hem çayı da Ali yapıyor."

"Ali her şey için çok teşekkür ederim, çok yoruldun bugün."

"Sorma kızım! Aynen oğlum, sen olmasan ben bugün ne yapardım?"

"Abartmayın tamam. Planlarımız değişti sadece, ama Enes seninle bara gideceğiz tamam mı? Zaten erkek erkeğe gitmek daha iyi olur."

"Ali nerede sahne alıyorsun?"

"Beyoğlu'nda. Daha yeni açılacak, az kaldı, açılışta sahne alacağız."

"Sen mi açıyorsun barı?"

"Bir arkadaşımla ortak açıyoruz!"

"Hem patron hem de işçisin yani."

"Kesinlikle, hadi Enes mutfak seni bekliyor! Aaa, üzüm lazım mı? Evde var."

"Yok oğlum, geçen getirdiklerinden var daha."

"Beden dili değişti adamın mutfakta, baksanıza nasıl da mutlu?"

"Mutfak da Enes'in sahnesi, Ali Abisi."

"Zeynep senin mutfağın nasıl? Aran var mı?"

"Enes'le kıyaslanacaksam çok kötü, ama kendi çapımda iyiyimdir."

"İyidir iyi, isterse neler yapıyor da."

"Abartma Nilgün Teyze."

"Şu an hayran hayran Enes'i izliyorum, malzemeleri nasıl göz kararı koyuyor Zeynep?"

"Onu biz de bilemiyoruz."

"Ellerine baksana."

"Ne kadar hızlı değil mi?"

"Ben de müzik yaparken böyleyim işte."

"Aşkla yapmak bu olsa gerek."

"Evet aşk bu, başka açıklaması olamaz."

"Ah ah, aşk ne güzel şey, değil mi çocuklar?"

"Evet Nilgün Abla. Şimdi fırına koydu, ne çabuk yaptı."

"Biraz bekleyeceğiz, önden çay içen var mı?"

"Ben içerim."

"Kızım ben içmeyeyim, bu saatte çarpıntı yapıyor. Dur Enes ne oldu, nereye götürüyorsun beni?"

"Nilgün Teyze odasına gitmeni istiyor galiba."

"Aaa tamam oğlum, hadi gidelim, ama oturuyorduk ne güzel."

"Yoruldu galiba Nilgün Teyze."

"Haklı valla, hadi gidip dinlenelim biraz, aman keke bakın tamam mı? Yanmasın?"

"Tamam."

"Ali ben de üstümü değiştirip geliyorum."

"Ben rahatsız etmiyorum değil mi?"

"Rica ederim, kek yiyeceğiz daha."

"Harika."

"Geliyorum şimdi."

■

"Enes'le Nilgün Teyze uyumuşlar."

"Çok yoruldular bugün."

"Evet, iyi oldu erkenden uyumaları."

"Kek pişti."

"Bize kaldı desene."

"Ben de bu saatte pek yemem, ama Enes için bir dilim alacağım."

"Ben hepsini yiyebilirim, aşkla yapıldı sonuçta, otursana Zeynep."

"Geliyorum, çayını tazeleyeyim mi?"

"Olur, yardım ister misin?"

"Yok sağ ol, geldim."

"Oh, mis gibi kokuyor."

"Harika olmuş değil mi?"

"Gerçekten harika olmuş!"

"Unutmadan gümüş üzümü vermişsin, çok sevmiş sürekli elinde."

"Ona emanet ettiğim için mutluyum."

"Dedenle aran iyiydi galiba."

"Hem de nasıl? Beni tek anlayan oydu. Kulağıma hep şöyle derdi: Oğlum ne yaparsan yap, en iyi yaptığın şeyi yap, çünkü sadece o zaman mutlu olacaksın."

"Annen baban ne diyordu bu duruma?"

"Onlar bilmiyordu ki, dedem hep kulağıma söylerdi sessizce."

"Güzel bir yöntemmiş, doğrudan bilinçaltına yüklemiş."

"Uzman hanım konuştu, senin bilinçaltında neler var?"

"Galiba ölüm korkusu... Sevdiklerimin öleceğinden korkuyorum sürekli, endişem ve paniğim bu yüzden; belki de bu yüzden erkenden tedbirli olmam!"

"Herkes ölecek."

"Evet, biliyorum ama annemle babamın bir anda ölmesi beni şok etti."

"Enes'le sen de arabadaymışsınız?"

"Evet, arabayı ben kullanıyordum."

"Öyle mi?"

"Bu durum suçluluk duygusu yarattı bende, yıllarca baş etmeye çalıştım."

"Aşkla aran nasıl?"

"O kapı hiç çalınmadı."

"Belki de çalınmıştır, ama açan olmamıştır."

"Haklısın aslında, ben evde yoktum."

"Bir daha gelip çalsalardı."

"Çalıp gittiler genelde, senin aşkla aran nasıl?"

"Ben o kapıları hep açık bıraktım, ama gelen aşka gelmedi ki."

"Ne demek bu?"

"Ya parama ya da statüme geldiler, yani hep arka kapıdan girmeye çalıştılar."

"Üzücü."

"İlk başlarda üzüyordu, sonra alıştım."

"Nasıl alıştın? Ne yaptın?"

"Arka kapıları kapadım, kilitledim tamamen. Aşkın kapısını da kapattım ama kilitlemedim, çalan olur diye bekledim."

"Oldu mu peki?"

"Ben de evde yokum şu sıralar."

"Benim gibi oldun yani?"

"Hayır, ben başka bir kapıyı çalmak için çıktım evden, sadece evime tek dönmek istemiyorum!"

"Açan oldu mu çaldığın kapıyı?"

"Hafif araladı, göz ucuyla bakıyor şu an."

"Neyse, bir tabak daha alır mısın?"

"Hepsini yiyeceğim demiştim."

"Tamam getiriyorum."

"Ben de çayları koyayım?"

"Olur."

"Gerçekten tadı çok güzel."

"Bak istersen Enes'in çocukluk videoları var, izleyelim mi? Hem annemle babamı da görmüş olursun."

"Harika fikir."

"Tamam, CD'leri alıp geliyorum."

"Merak ettim şimdi."

"Baştan söyleyeyim, duygusallaşırsam kusura bakma."

"Ne kusuru, ben de katılırım sana, hatta birlikte duygusallaşırız!"

"Bak, burada daha sekiz yaşında."

"Çok güzel bir çocukmuş, annen mi o?"

"Evet, melek annem benim."

"Allah rahmet eylesin."

"Sekiz yaş en zor dönemleriydi, odasından çıkmazdı, sürekli oyuncak arabaların tekerleklerini döndürür durur, bir de televizyonda yemek programlarını izlerdi."

"Vay o yaşta başlamış kendini geliştirmeye."

"Ayrıca Türk kanalları değil, yabancı kanallardaki pasta yapan programları."

"Yabancı dili anlıyor muydu?"

"Ali inan birkaç dil biliyor diye düşünüyorum; hâlâ bilmediğimiz çok yönü var bence."

"Otizm ne kadar farklı bir durum?"

"Çözülemedi hâlâ! Bak, burada ben on iki yaşındayım, birlikte oyun oynamaya çalışıyoruz; daha doğrusu ben oynuyorum, Enes duruyor."

"Sen pek güzel değilmişsin küçükken."

"Hahaha, bak izle ne olacak şimdi?"

"Baban nerede göremedim, bu CD'de yok galiba. Babanla aran nasıldı? Zeynep, Zeynep? Aaa, uyumuşsun. Sen de çok yoruldun, üstüne örtecek bir şeyler bulayım. Hadi iyi geceler komşu. İnşallah bir gün sen de bana misafir olursun... Ben şimdi gidiyorum, görüşmek üzere... İyi geceler."

■

Enes uyanır...

'Güzel kalplim, meleğinle buluştun demek. Ne olur âşık ol ona, çok mutlu olacaksın, hep derdin ya annemin tek isteği benim iyi ve sağlıklı olmam diye. Aslında o önce senin mutlu olmanı isterdi ablacım. Benim yüzümden o kadar ihmal edildin ki, evde sadece benim konum, benim konuşmam, benim gülüşüm, benim okulum... hep ben konuşuluyordum. Benim yüzümden hep ertelendin ablacım. Hepiniz benim için çırpınırken sen erken yaşta büyüdün, elinde olmadan. Hep kendini erteledin, çünkü sen de hep başkaları için yaşamayı öğrendin. Annem en çok sana üzülürdü, yakalardım bakışlarını gizli gizli sana bakarken. Benim yanımda ben anlamam diye babama konuşurdu hep. Şu kızla biraz da sen ilgilen diye, hep karar alırlardı; ama günün sonunda yine evin tek konusu ben olurdum. Sana yaşadıklarını sadece aşk unutturacak ablacım, tüm yorgunluğunu sadece aşk alacak, âşık ol ona ablacım. Ali Abi, renkli toplarla sana gelen meleğin, inan bana. Avuçlarına bırakıyorum şimdi bu üzümü... Sabah meleğinle uyan diye ablacım. İyi geceler.'

14

"Zeynep, uyan kızım, Zeynep."

"Günaydın Nilgün Teyze."

"Günaydın kızım, burada öyle uyuyakalmışsın!"

"Sorma ya, çok yorulmuşum herhalde."

"Ali de gitmiş."

"Valla ben giderken görmedim, ayıp oldu şimdi."

"Nasıl görmedin?"

"Ben uyumuşum görmedim giderken, ayıp oldu ya."

"Aaa ne ayıbı, yabancı mı o? Enes'in abisi! Elindeki ne Zeynep? Şimdi sen mi başladın adamın üzümünü almaya?"

"Aaa bu nereden geldi elime? Hatırlamıyorum, inan çok yorgundum, elimde uyumuşum öyle."

"Çocuğa geri ver bari."

"Yok Enes'e vermiş, hediye etmiş."

"Ne düşünceli çocuk!"

"Enes uyandı mı?"

"Yok uyuyor hâlâ, o da çok yorulmuş belli."

"Aman uyusun, dinlensin."

"Sen işe gitmeyecek misin?"

"Seminer için izinliydim ya, birkaç gün evdeyim, işe gitmeyeceğim. Hem Enes'le zaman geçiririm, doktora da gideceğiz zaten..."

"Tamam kızım, o zaman güzel bir iki gün geçirelim sen evdeyken, ama eve kapanmak yok, uzun zamandır çıkmıyoruz zaten."

"Saat kaç?"

"On ikiye geliyor."

"Ne, on iki mi? Nasıl uyuduk bu kadar?"

"Gece huzurlu uyumuşsun belli!"

"Nilgün Teyze başlama yine! Ya, unutmadan dün hastane masraflarını Ali ödemiş galiba?"

"Hadi ya, o telaşla hiç aklıma gelmedi."

"Benim de, bugün ayarlayayım da vereyim parayı."

"Benim tanıdığım Ali, hayatta almaz!"

"Ne demek almaz, kendimi toplayayım biraz, konuşurum ben."

"Konuş o zaman, telefonun çalıyor Zeynep!"

"Ali."

"İyi insan lafının üstüne..."

"Alo?"

"Selam Zeynep nasılsın?"

"Ya şimdi uyandım, çok yorgundum, hâlâ kendime gelemedim."

"İyi yapmışsın."

"Kusura bakma gece sen giderken göremedim, öyle dalmışım olduğum yerde."

"Ben de uyandırmak istemedim, çok güzel uyuyordun!"

"Teşekkür ederim, asıl sen kusura bakma."

"Enes nasıl?"

"O da çok yorulmuş, hâlâ uyuyor."

"Uyusun kardeşim benim, ne yapacaksınız bugün?"

"Ben iki gün izinliyim, evdeyim. Nilgün Teyze de biraz çıkalım, gezelim diyor."

"Eğer kabul ederseniz ben de eşlik etmek istiyorum size? Hem buraları pek bilmiyorum, bana da biraz rehberlik edersin!"

"Tamam olur, Enes uyansın, toparlanalım ararım seni."

"Harika, ha bu arada bir şey söyleyeceğim sana."

"Dinliyorum."

"Ben uzun zamandır ilk defa dün gece bu kadar huzurlu uyudum."

"İnanmayacaksın ama ben de aynı şekilde."

"Tamam, haber bekliyorum senden."

"Görüşmek üzere."

"Ne diyor?"

"Duydun ya Nilgün Teyze."

"Zeynep, bu sefer izin ver kendine, ne olur."

"Hadi hazırlanın, çıkıyoruz birazdan."

"Ali de mi geliyor?"

"Evet."

"Enes hâlâ uyuyor ama?"

"Uyandırma, bekleyelim bence."

"Biz de birer kahve içelim mi Zeynep? Enes uyanana kadar."

"Harika olur, hah uyanmış işte. Enes günaydın, oy gözlere bak şişmiş."

"Günaydın oğlum, hadi kendine gel de hazırlanalım."

Zeynep'e sımsıkı sarılır...

"Canımsın canım, ne güzel kokuyorsun sen, sana sarıldıkça ruhum iyileşiyor, oy ablasının bir tanesi."

"Ağlatacaksınız beni yeter, kapı çalıyor Zeynep."

"Bakıyorum!"

"Selam."

"Aaa Ali!"

"Ben hazırlanmıştım, gelip sizde bekleyeyim dedim!"

"İyi yapmışsın, Enes de şimdi uyandı, gel."

"Günaydın millet."

"Günaydın oğlum."

"Enes selam."

"Hadi sana da kahve yapıyorum, içer sonra çıkarız."

"Tamam, bir şeyler yemediniz değil mi? Dışarıda birlikte yiyeceğiz."

"Enes Bey uyanırsa gideceğiz."

"O da bizim gibi huzurla uyumuş galiba. Aaa bu kitaplar kimin? Benim de evde kocaman bir kütüphanem var."

"Sen de seviyorsun o zaman kitap okumayı?"

"Zeynep Hanım uzman olmayabilirim, ama çok kitap okurum."

"Ne tür kitaplar?"

"Önceden tarihi çok severdim, özellikle Osmanlı tarihini. Zamanla bu arayış beni mitolojik tarihe kadar götürdü; eski Yunan, antikçağ, Roma derken yolculuk baya derinleşti."

"Felsefeye kadar geldin o zaman?"

"Platon'u, Descartes'ı bana sor, çok severim. Ama son zamanlarda bazı kişisel gelişim kitapları okuyorum."

"Bu olmadı işte."

"Neden?"

"Ben çok sıcak bakamıyorum kişisel gelişime, insanın sürekli pozitif olabileceğine inanmıyorum."

"Farkındaysan sizin alandan, hatta psikiyatriden de kişisel gelişime merak saran çok fazla uzman var."

"Evet biliyorum, ama altyapılarındaki uzmanlıkları dolayısıyla anlayabiliyorum onları."

"Şu konuda haklısın: Herkes kişisel gelişim uzmanı olmak istiyor, bir şekilde oldum diyorlar; ama ben daha çok yıllarını gerçekten buna vermiş, araştırmalar yapmış kişileri okumaya çalışıyorum. Ben pozitif psikolojinin gücüne inanıyorum."

"Secret, kuantum gibi kavramlar bana uzak."

"Ben çocukken, dedem dua et derdi, kime derdim, Allah'a derdi. Şimdi duanın adını mesaj yapmışlar, Allah'ın adını da evren... Sürekli evrene mesaj gönderiyorlar. Bak bu konuda ben de eleştiriyorum, ama kişisel gelişim bu enerji işi değil, daha derin bir olay. Bir gün birkaç kitapla araştırma getiririm birlikte inceleriz, olur mu?"

"Olabilir, ama nereden, nasıl çıktı, nasıl bu hale geldi, merak ediyorum açıkçası!"

'Batı ya da Doğu dünyasının klasik dönem dini veya edebi literatürlerinde insanların daha mutlu yaşamalarına yönelik öğütlere sık sık rastlanmakta. Ancak klasik Türk edebiyatında 'nasihatname' başlığı altında değerlendirilebilecek bu eserlerde, kazanç sağlamaktan çok, Tanrısal düzene uyum sağlamak, toplumsal ahlak ve edebe yönelik öğütlerin daha fazla olduğu görülür. Bugünkü anlamda kişisel gelişim 1800'lerde Batı dünyasında 'self-help' başlığı altında, bir yanlışı kanuni yollarla ve kişinin kendi inisiyatifini kullanarak çözebilmesi hakkı olarak tanımlanmış. İlk kişisel gelişim kitabı Samuel Smiles'in yazdığı Self-Help *1859'da basılmış. Kitabın ilk cümlesi: 'Sema kendilerine yardım edenlere yardım eder' şeklinde. Bu, aslında Benjamin Franklin'in* Poor Richard's Almanac *adlı kitabındaki 'Tanrı kendilerine yardım edenlere yardım eder' cümlesinin bir çeşitlemesi. 20. yüzyıla gelindiğinde Dale Carnegie'nin* Dost Kazanma ve İnsanları Etkileme Sanatı *adlı kişisel gelişim kitabının büyük başarısı, benzer türde yeni kitapların yazılmasını*

teşvik etmiş. Daha önceleri 'kişisel gelişim' adı altında olmasa da kişilerin düşünceleriyle yaşamlarına etkili olduğuna dair fikirler ortaya atılmış. Örneğin 1902'de James Allen tarafından yayımlanan As a Man Thinketh *adlı kitapta 'Kişi tam olarak ne düşünüyorsa odur, karakteri tüm düşüncelerin toplamından ibarettir' denilmekte. Napoleon Hill'in* Think and Grow Rich *adlı kitabında, tekrarlanan olumlu düşüncelerin 'sonsuz zekâ'yı tahrik ederek mutluluğu ve zenginliği çekeceği iddia edilmiştir.*

20. yüzyılın son çeyreğinde kişisel gelişim kendi üzerine düşünmeyle inşa edilen postmodern öznellik ile ilişkilendirilmiş, öznelliğin krizi satışı gittikçe artan kişisel gelişim kitaplarıyla kendini ortaya koyduğu öne sürülmüş. Bazı toplumbilim kuramcıları kişisel gelişimdeki kişilerin benlikleriyle böylesi bir uğraşın toplumsal kontrol araçlarından biri olarak ve politik huzursuzluğu önlemeye dönük kullanıldığını iddia etmekteymiş.

Ablacım, senin çalıştığın psikoloji alanı hasta olan, ruhsal problemleri olan insanların tedavisi için şart, ama kişisel gelişim ise hasta olmayan, yani eksiye düşmemiş insanların artı değerlerini artırmak için var. Yani daha özgüvenli, başarılı, empatik, pozitif olabilmek için kendilerini geliştirdikleri bir alan aslında. Haklısın tedavi etmez, ama değişim için yol gösterir. Sen Batı felsefesiyle okudun ve Batı'da akıl öndedir, duyguya yer yoktur; ama Doğu'dan gelen manevi söylemleri, semavi öğretileri yok sayamazsın. Artık dünya ikisini de bir arada yaşamayı öğrenmek zorunda. Yani akla maneviyat eklenince değer bulacak. Yoksa duygudan ve maneviyattan uzak akıl insanı duygusal güdük kalacak, ilimden ve akıldan uzak kalmış Doğu insanıysa yobaz olacak. Bak, günümüzün en büyük problemi bu değil mi? Neden Mevlânâ bu kadar popüler oldu? Neden insanlar artık hem Mevlânâ'dan hem de Aristoteles'ten sözleri bir arada pay-

laşabiliyor? Budur gerçek olan; yoksa Batı ilmin, Doğu da duygunun sahibiymiş gibi davrandıkça, 'öteki' kavramı çoğalacak. İkisi de birbirinden korkmadan yaşayabilmeyi öğrenmeli. İnsan aklıyla dünyayı yorumlar, bu bir beceridir. Yani yaşadığın, içinde ve dışında olan her şeyi akıl yoluyla yorumlarsın. Ama duygu ve manevi iklimlere bakarsan, onlar bilinmeyen bir alandan beslenir. Gerçek dünyadan beslenmez, benim meleklerimin olduğu, renkli toplarımın geldiği, ilahi kaynaktan beslenir. Ben ne düşünüyorum biliyor musun? Allah her insana ruh verirken, kaynağı kendisi olduğu için duygusal anlamda zengin yaratmış, ama bu boyutu sağlıklı yaşayabilmemiz için oku, yani aklını kullan demiş. Baksana okumayanlara, hepsi yobaz ve sert değil mi? Çünkü okumak ve akıl olmazsa, diğer boyutu taşımak zor gelir insana, dayanamaz. Akıl boyutundakiler de duygudan beslenmezse, kendini tanrı ilan eder. Aklını kullanmak istemeyen, okumayı dert edinmemiş insanlara bakıyorum da ne kadar tembeller. Bir güce inanıp her şeyi ondan beklemek kolaylarına geliyor, iradelerini zincirlemiş, korkularından hapsetmişler kendilerini. Avrupa insanı sanata, görsele, heykele çok önem vermiş, sürekli korudukları şeyler bunlar. Doğu insanı bunları yasak saymış, şiir, şarkı ve söylemleri almış. Birinde dil, diğerinde göz hâkim. Şarkıları, şiirleri ve nağmeleri ilahi boyuttan geliyor, bir kalıba koymadıkları için kalpten kalbe akıyor. Batı ise her şeyi somuta hapsetmiş, her şeyi resimlemiş ve heykelini yapmış, hepsini koruyup ilme dökmüş. Bu yüzden bizde binalar değişir, yıkılır; yollar değişir, yapılır ama şarkılar, şiirler, aşklar değişmez. Batı'daysa binalar değişmez, yollar aynı kalır, heykeller korunur, resimler saklanır. Orada sadece akıl yenilenir, yorum zenginleşir. Bizdeyse duygu yoğunlaşır. İki taraf da yüzyıllardır gizli düşman olmuş birbirine, ama zamanla gizli gizli çalmışlar birbirlerinde olmayanları. Bak bizim ülkemize, birçok yerde Fransız sokağı, İspanya binaları, İtalya kafeleri, Avrupa mozaiği artmaya başladı. Bak Batı'ya, Mevlânâ söylemleri, manevi iklimler, değerler eğitimi artmaya başladı. İki kardeştik aslında, ama doğar doğmaz ayrılmış. Uzak diyarlarda hasret çekmiş; Âdem'den, Havva'dan gelse de başka topraklarda büyümüş iki kardeştik. Belki önceleri düşmandık, ama zamanla birbirimizi merak etmeye başladık. Şimdiki savaşlara aldanma sen, onların nedeni hâlâ geçmiş bilinçaltı nedenleri, yaşlanmış zihniyetlerin kalıntıları. Gün gelecek tüm sınırlar ve söylemler kalkacak. Ve bir gün kendimizi bir heykelin altında dua ederken bulacağız, heykeli gölge edip Allah'a secde edeceğiz. Bir gün bir Avrupalının dilinden Mesnevi*'yi, Kur'an ayetlerini duyacağız; kılığına, dövmelerine bakmadan. Yan yana gidip geleceğiz birbirimize. Kurtulunca korku mağaralarımızdan, o zaman dilimizde olan şu söylem kalben ve akıl yoluyla samimiyete ulaşacak: Yaratılanı severim, Yaradan'dan ötürü.'*

"Bırakın ya şimdi kişisel gelişmeyi, birlikte gelişelim, hadi çıkalım artık."

"Hahahaha, Nilgün Teyze ya."

"Hahaha, abla çok seviyorum seni. Hava güzel, sahile gitmeye ne dersiniz?"

"Harika olur, yürümek iyi gelir Ali."

"Tamam, Enes de telefonunu alır, bol bol resim çeker."

15

"Harika bir gündü Ali oğlum, çok teşekkür ederiz. Ah Enes dönelim diye tutturmasa daha devam ederdik, ama olsun başka zaman."

"Benim için de öyleydi."

"Nilgün Teyze, Enes yorgun, tamamen iyileşsin, uzun uzun gezeriz."

"Ama bakın bara gittiğinizde beni de götüreceksiniz, ömrümde hiç bara gitmedim."

"Gerçekten gitmedin mi abla?"

"Yazın yazlık yerlerde olurdu, o da bir iki saat durur çıkardık."

"Söz ben seni götüreceğim, hatta sahnede dans ederiz beraber."

"Ederim valla."

Ali'nin telefonu çalar...

"Alo, evet benim, ha evet buyurun, dinliyorum sizi, anladım tamam, yarın sabah 11.00'de."

"Hayırdır, kim o oğlum?"

"Nilgün Teyze ayıp ama."

"Yok önemli değil, evin işleri için emlakçıya uğramam lazım."

"Oğlum o benim artık. Zeynep sen de var ya âlemsin."

"Enes odana gidelim mi? Duvarında sohbet ederiz ablacım ne dersin? İstemiyor musun, tamam o zaman sen dinlen biraz."

"Ben de gidiyorum, açılış için hazırlıklara bakmam lazım."

"Tamam, güle güle Ali."

"Zeynep gelmek ister misin?"

"Ali, evde kalsam bugün, ben de biraz yorgunum."

"O zaman dinlen, akşam gelip alırım seni, provayı izlemeni istiyorum."

"Bilmem ki."

"Biraz da uzman gözüyle mekânı analiz et istiyorum."

"Şaka mı yapıyorsun?"

"Ciddiyim."

"Tamam o zaman."

"Harika, ben seni almaya yakın ararım."

"Tamamdır, görüşmek üzere kolay gelsin."

"Hadi hepinizi seviyorum, öpüyorum!"

'Yorgunum ablacım, ara ara annemle babamın görüntüleri netleşiyor, eskisinden daha canlı geliyorlar bana. Canım yanıyor, dizlerim ağrıyor, ateşim yükseliyor, sanki her yerim ağrıyor. Uyumak istiyorum abla. Eskisi gibi duvarımı özlemiyorum ve bu canımı acıtıyor, sanki aramız açıldı, çok üzüyor bu durum beni. Artık zihnime pastaların rengi, kokusu, keklerin şekli, kuru üzümlerin kıvrımları gelmiyor; onlara da kızıyorum beni neden bırakıyorlar diye. Uyumak istiyorum.'

"Hadi Enes oğlum, dinlen biraz odanda, aslında hepimiz dinlenelim şöyle. Zeynep sen nerdesin?"

"Odamdayım."
"Tamam kızım."

Herkes odasına çekilir... Zeynep odasında anne ve babasının resimleriyle baş başadır...

"Çok özlüyorum sizi. Canım annem, biriyle tanıştım, adı Ali. Çok yeni ve hızlı oldu, ama kafamı iyice karıştırdı. Bir yanım gidiyor bir yanım duruyor, daha çok tanımıyorum, ama karar verdim gideceğim peşinden babacım. Enes de istiyor, o da çok sevdi; ona öyle güzel abilik yapıyor ki, içim eriyor anne. Bugün ilk defa siz varmışsınız gibi hissettim yanımda. Enes, sen, ben, babam birlikteyken de böyleydim; bize bir şey olmaz gibi gelirdi, daha güvende hissederdim. Sizden sonra daha çabuk yorulmaya başlamıştım, sürekli tetikte ve dikkatli olmam gerekiyormuş gibiydi hep. Ama bugün her şey bir başkaydı. Siz varmışsınız gibi güvendeydim yine; bunun sebebi Ali'ydi babacım. Sana benziyor, biliyor musun baba; neşeli, üretken ve pozitif. Annemin şefkati, sendeki neşe var onda. Bu akşam ilk defa baş başa kalacağız. Heyecanlıyım, sanki sadece ben varım gibi geliyor, kaygısızım. Bir yanım alışık değil bu hale. Kendime bu kadar özgürlük vermediğimi fark ettim, o yanım kızıyor, ne yapıyorsun diyor. Ama savaşmam lazım, biliyorum. Sizi seviyorum. Bu akşam için iyi dileklerinizi bekliyorum. Canım annem, senin kolyeni takacağım bu akşam, babamın da neşesini alacağım yanıma. Sizi çok seviyorum..."

Enes de odasında annesiyle babasının resimlerine bakıyordu...

'Size doğru çekiliyorum anne, baba. Biliyorum, bir bayram havası gibi olacak; siz, ben ve melekler. Fakat dünyada kalacak olan ablam için üzülüyorum anne. Ben size gelirken aşkla iyileşsin diye dua ediyorum. Bir anda gelmek istiyorum yanınıza, bekleye bekleye gelmek ablamı çok üzecek. Ali Abi'yi bir görseniz, beni sevdiğiniz kadar seveceksiniz baba. İnan evladınız olacak biri. Ben otizmli olmasaydım, öyle olurdum galiba. Benim sağlıklı halimi düşün anne, işte tamamen öyle biri; kendimi övdüğümden değil, sizin bana verdiğiniz değerden dolayı, böyle diyorum.'

"Enes gelebilir miyim? Uyumamışsın, canım sen de mi annemle, babamla konuşuyorsun? Ben de odamda bir saattir onlarlaydım. Ali'yi anlattım onlara biraz. Açıkçası sana da anlatmak istiyorum. Enes ben çok heyecanlanmaya başladım, daha çok yeni, ama bu işler böyle mi oluyor, onu bile bilmiyorum. Hiçbir şey kitaplarda yazıldığı gibi değilmiş. İnan, senin de Ali'yi seviyor olman çok mutlu ediyor beni. Biliyorsun, bu akşam ilk defa baş başa olacağız Ali'yle. Seni birkaç saatliğine yalnız bırakacağım canım. Her gün hiç düşünmeden giydiğim elbiseleri beğenmemeye başladım az önce, ayakkabılarım bir anda gözüme çok itici geldi. Saçlarım, parfümüm her şey gözüme batmaya başladı. Bu ne ya! Altı üstü akşam çıkacağız. Demek böyle oluyormuş, kaç elbise giydim çıkardım Enes, bir bilsen? Ben nasıl giymişim onları? Neyse kafanı şişirmeyeyim senin. Biraz dinlen hayatım. Benden istediğin bir şey var mı? Eğlence kartı mı? Ha, eğlenmemi istiyorsun. Tamam canım, denerim, söz. Ama gitmeden giyinip yanına gelecek ve fikrini alacağım, tamam mı? Hadi görüşürüz kardeşim… Seni seviyorum..."

"Zeynep."

"Efendim Nilgün Teyze."

"Ne giyeceksin?"

"Bir saattir onu düşünüyorum."

"Güzel bir elbise giy, makyaj da yap."

"Ama çok abartı olmaz mı? Hem ben de çok abartıyorum galiba, altı üstü ne ki? Çıkıp geleceğiz!"

"Saçmalama."

"Of ya."

"Bana bak Zeynep, işe gitmiyorsun, biraz özenli ol."

"Anladım, tamam Nilgün Teyze, öyle yapacağım. Bak telefon çalıyor, dur, Ali."

"Açsana."

"Alo, efendim Ali, tamam on beş dakikaya görüşürüz."

"Ne dedi?"

"Arabada buluşalım, dedi. Aşağıda yani."

"Kız çok heyecanlandın."

"Dalga geçme ne olur."

"İyidir iyi, heyecan yoksa olmaz zaten. Kız daha düne kadar atıp tutuyordun adam hakkında, burnundan kıl aldırmıyordun!"

"Tamam Nilgün Teyze, ben de bilmiyorum ne oluyor. Giyiniyorum hemen, gelsene birlikte karar verelim."

"Hadi."

■

"Oldu mu böyle?"

"Çok güzel oldun Zeynep."

"Dur Enes'e de sorayım."

"Enes, Enes, Enes... Uyumuş canım ya! Nilgün Teyze, aman ne olur ara ara bak, ateşi falan yükselirse ara beni, hemen gelirim."

"Kızım bana akıl mı veriyorsun, benim ben, Enes'in ikinci annesi!"

"Kusura bakma ne olur."

"Hadi çık, çocuğu bekletme artık."

"Tamam, öpüyorum seni, geç kalmam zaten."

"Kal, kal be kızım, geç kal ya, hadi iyi eğlenceler."

■

"İyi akşamlar."

"İyi akşamlar Zeynep, çok güzelsin."

"Teşekkür ederim."

"Çok güzelsin Zeynep!"

"Utanıyorum Ali, lütfen."

"Hadi gidiyoruz. Binelim, buyurun Zeynep Hanım."

"Teşekkür ederim."

"Rica ederim."

"Nereye gidiyoruz?"

"Önce bir yemek yeriz diye düşündüm, sonra da bara gideriz."

"Peki."

Her yerim titriyor, Allahım yardım et, yanlış bir şey çıkmasın ağzımdan. İlk defa nereye gideceğim, ne yapacağım diye düşünmüyorum, akışa bıraktım kendimi. Aklım her şeyin sürpriz olacağına inandırıyor kalbimi. Bütün kelimeler karıştı birbirine, hiçbiri cümle olmak için bir araya gelmek istemiyormuş gibi. Dikkatim ilk defa bu kadar kendime yoğunlaşmış, nasıl görünüyorum diye. Ben omzumun üzerinden kimseye böyle gizli gizli bakmamıştım. Dudaklarının kenarlarını izliyorum şu an, ondan habersiz, sakallarının uzunluğu eşit mi diye obsesyonlarım var şu an. Ne oluyor bana böyle? Bir yanım ellerine çekiliyor, diğer yanım kendi ellerimi saklıyor. Anne baba görüyor musunuz ne haldeyim?

"Zeynep."

"Efendim."

"Sustun."

"Dalmışım."

"Ne düşünüyorsun?"

"Bilmiyorum. Bir haftadır darmadağınıktı zihnim, günlerdir tek tek toplamaya çalışıyorum."

"Toplayabildin mi?"

"Seninle konuşacak kadar topladım, gerisi dağınık kalsın, hoşuma gidiyor."

"Ben alışık değilim bu duruma."

"Ben de her gün âşık olmuyorum."

"Âşık mı?"

"Geldik burası."

"İlk defa görüyorum burayı."

"Sevindim, ilk defa benimle geldin o zaman."

"Evet."

"Karnım çok aç."

"Ben değilim."

"Hadi inelim."

■

"Nasıl, beğendin mi?"

"Çok sevimli, samimi bir yer."

"Ne yersin?"

"İnan aç değilim, ben bir şeyler içsem."

"Olur, o zaman ben de sana eşlik ederim."
"Sen ye ne olur, benim iştahım gitti bir anda."
"Harika."
"Ne demek harika?"
"Pardon, benim de iştahım gitti. Hadi bir şeyler içelim."
"Ya bir şeyler de içmesem mi acaba, midem bulanmaya başladı."
"İyi misin?"
"Ben bir tuvalete gidip gelsem!"
"Hadi eşlik edeyim sana."
"Teşekkür ederim."

■

"Daha iyi misin?"
"Evet, soğuk bir şeyler söyleyeyim ben."
"Tamam, ben hallederim."
"Neden bakıyorsun bana öyle? Makyajımda mı problem var?"
"Hayır, çok güzelsin, onu izliyorum sadece."
"Yapma utanıyorum."
"Çok gerginsin galiba?"
"Evet."
"Hadi içeceklerimiz gelene kadar bir oyun oynayalım, biraz rahatlarız ne dersin?"
"Ne, oyun mu? Nasıl bir oyun?"
"Kelime oyunu."
"Bilemiyorum."
"Hadi rahat bırak kendini."
"Oyunu anlatır mısın?"

"Tamam, şöyle... Bir kelime söyleyeceğim, o sende neyi çağrıştırıyorsa, sen bir kelimeyle karşılık vereceksin, sonra ben, sonra sen şeklinde gidecek!"

"Ne zaman bitecek?"

"Kim burada duralım derse, duracağız..."

"Tamam."

"İlk kelime senden gelsin o zaman."

"Ne diyeyim şimdi?"

"Herhangi bir şey olabilir."

"Bardak."

"Su."

"İhtiyaç."

"Yaşam."

"Sorumluluk."

"İlgi."

"Görev."

"Zeynep biraz daha rahatlaman lazım."

"Neden, ne oldu?"

"Seçtiğin kelimelere dikkat ettin mi? Kendine çok baskı yapıyorsun. Esne biraz, bu kadar acı odaklı olma."

"Heyecandan galiba."

"Hadi bir daha oynayalım, ama lütfen bu sefer rahat bırak kendini; acılardan uzaklaş."

"Tamam."

"Bu sefer ilk kelime benden."

"Peki."

"Sevgi."

"Aile."

"Huzur."

"Sağlık."

"Şükür."

"Başarı."
"Geçici."
"Yaşam."
"Aidiyet."
"Ev."
"Evet, biraz daha iyiyiz, bu sefer son oyun. Daha da soyutlanmanı istiyorum, daha rahat, kendini akışa bırak Zeynep."
"Tamam."
"İlk kelime senden geliyor."
"Ay."
"Romantizm."
"Mum."
"Işık."
"Çıkış."
"Varış."
"Kazanmak."
"Mutluluk."
"Tebessüm."
"Enes."
"Üzüm."
"Aşk."
"Bitti mi?"
"Evet, daha iyi misin?"
"Evet, sakinleştim biraz."
"Şimdi yer miyiz bir şeyler?"
"Olur, hafif bir şey istiyorum, salata gibi."
"Tamam."

16

"Enes çok merak ediyorum, şu an ne yapıyorlar acaba? Zeynep'i ilk defa bu kadar heyecanlı gördüm. İnşallah batırmaz geceyi. Biliyorsun, Bayan Mantık. Ama mantık falan kalmamıştı vallahi giderken, yüzüne bir şey demedim ama içim gitti. Yavrum benim ya, çocuk gibiydi ilk defa. Ay ben hatırlamıyorum, bu kız önceden hiç âşık olmuş muydu? Üniversitedeyken galiba birini sevmişti, rahmetli anlatmıştı. Hoşlanmış, ama olmamış mı neydi?"

'Aşk, sevgi ve hoşlanmak. Üçü de bir arada kullanılınca güzel, ama hiçbiri birbirine benzemeyen kavramlar. İnsan herhangi bir şeyden ya da birinden hoşlanabilir ya da hoşlanmaz. Bir elbiseden, bir kadından ya da erkekten hoşlanmak etkilenmektir, sevip sevmemeye ilk adımdır. Hoşlanmazsa sevmek için çabalamayabilir, ama hoşlanırsa sevmek için adım atabilir. İnsanın birini sevebilmesi için iradeye ihtiyacı vardır, yani bilinçle sevilir. Kişi sevmeye gönüllü olur ve tanımak için çaba sarf eder. Hem sevip hem hoşlanma ya da hoşlanmama devam edebilir. Mesela yeni bir eve taşınırsınız, ama evin bazı yerleri hoşunuza gitmeyebilir. Bir insanı dost olarak sever, ama bazı özelliklerinden hoşlanmayabilirsiniz. Evladınızı çok seversiniz, ama bazı hareketleri hoşunuza gitmez. İnsan tanıdıkça sever ve tanıdıkça

hoşlanmadığı şeyleri de görür. Bu aşamada hâlâ irade ve bilinç devrededir. Kişi isteğiyle adım atar sevmeye ama aşk bu ikisinden bağımsızdır, hiç benzemez onlara. Kişinin iradesi ve bilinci yok olur. Kendi isteğiyle gitmez, aşka çekilir. Ve aşk âşığı çekerken iradesini de elinden alır. Aşkın bu inanılmaz gücü âşık olanı cezbeder, teslim olur, hem korkutur hem de tahrik eder. Bilinmeyene bir yolculuk varmış hissi verir. İnsan severken şiirler yazabilir, ama âşık olduğunda yazamaz; çünkü aşk ve âşık şiirin kendisi olur. Mecnun Leyla'ya değil, Leyla'ya giden yola âşık olmuştur; işte aşk, kişiye duyulan değil, kişinin vaat ettiği yolculuktur. Sevgide bilinç olduğu için insan gideceği yerler ve yapacakları için seçim hakkını kullanır, ama aşkta seçim hakkı olmaz. Seçilmişsindir ve gitmek zorundasındır. Aşk çeker ve çekerken zaman algısını, biyolojik algıyı, düşünce iklimlerini, geçmişi ve geleceği, tüm yazılımı da değiştirir. Sarhoşluk buradan gelir. Aşkın sarhoş etme halidir bu. Kışın terlemek, yazın üşümek buradan gelir. Aşkın iklimleri dünyadaki gibi değildir; karı ısıtır, güneşi üşütür. Ablam bilincini yitirmek üzere, heyecanı buradan geliyor işte. Ali'den ziyade gideceği yolun bilinmezliği heyecanlandırıyor onu. Aşkta kavuşma olmaz, olmamalıdır zaten. Aşk ayrılıkla beslenir. Bir arada olunan durum sevgidir.'

"Vallahi çok merak ediyorum. İnşallah nasip olur da evlenir bu çocukla. Bazen diyorum evlense ne olacak? Geçecek o cicim ayları, baksana herkes bir bir boşanıyor. Evlilik mi kaldı?"

'İnsanlar kişilerle evleniyorlar, aşkla değil. Hata burada zaten, aşkın kendisini unutuyorlar, vazgeçiyorlar o yolculuktan, somuta indirgiyorlar aşkı ve bir bedene hapsetmiş gibi çürütüyorlar birbirlerini. İnsanın kudreti olmaz ki aşkı yaşatmaya, aşk insanın gücüyle ürettiği bir şey değildir. Sanıyorlar ki hep bir şeyler yap-

mam lazım. Sonra başlıyorlar aşkı oynamaya, yalandan aşk üretmeye, buna ne beden, ne kalp ne de akıl yeter. Aşk sadece birini merkez alır ve o da âşık olunandır. Diğerini ise merkeze çekmeye çalışır, o da âşık olandır. İmzaya hapsedersen ve âşık olduğunu aşk zannedersen yürümez tabii evlilikler. Hadi diyelim âşık oldun, evlendin, şunu da mı düşünmezsin: İnsanın fıtratında sahip olma arzusu ve daha sonra da sahip olduğu şeyi istikrarla koruma arzusu vardır. Bazı insanlarda sahip olma arzusu güçlüdür, ama sahip olduğunu devam ettirme, koruma arzusu zayıftır. Bu yüzden sahip olup evlenir, ama koruma ve devamlılıkta problem yaşarlar. İnsan evleneceği kişide bazı özelliklere dikkat etmeli. Arzuladığı şeyleri elde ettikten sonra koruyabiliyor mu? Mesela işi, kariyeri, parası, çekirdek ailesi, dostları, ideolojileri, inancı... Eğer birçoğuna aşkla sahip olup sonra yarı yolda bırakmışsa, olmaz. Onun sınavıdır bu, istikrar. Defalarca âşık oldum diyenler âşık olmamıştır aslında. İnsan çok kere evlenebilir, ama bir kere âşık olur.'

"Arasam mı acaba ya? Ya da mesaj atayım nasıl gidiyor diye, dur en iyisi bu."

■

"Nilgün Teyze mesaj atmış."
"Ne diyor?"
"Nasılsınız? Nasıl gidiyor diyor."
"Çok seviyor seni."
"Ben de onu çok seviyorum."
"Selam söyle."
"Söylerim."
"Çıkalım mı?"
"Bara mı?"
"Evet."

"Tamam."
"Hadi o zaman."

■

"Enes bak ya, yemek yiyoruz diyor, ne duygusuz kız bu. Onu mu sorduk, neyse gelince anlatır artık, hadi biz de televizyon izleyelim biraz."

'Herkes geldiği yer gibi kokar Nilgün Teyze... Ali Abi üzüm kokuyor. On beş binin üzerinde üzüm çeşidi var. Ali Abi'nin getirdiği üzümün türü misket. Bu üzüm kalın kabuklu, orta büyüklükte, güzel kokulu, sulu bir üzüm cinsidir. Ana vatanı deniz kenarındaki killi-kumlu topraklardır. Misket üzümüyle ilgili tanımlamayı Merlet isimli bir araştırmacı yapmış ve misket üzümünü uzun, büyük salkımlı, hem şaraba hem de sofraya uygun bir çeşit olarak tanımlamış. Aromatik üzüm çeşitlerinden biri ve bu üzümlerden üretilen şaraplar ayrı bir kategoride değerlendiriliyormuş. Türkiye'deki en ünlü misket üzümü cinsiyse Bornova misketi. Anavatanı ismini de aldığı İzmir'in Bornova ilçesi. İzmir'in kurtuluş günü olan 9 Eylül 1922'de Türk ordusu İzmir'e Bornova'nın üst kısmındaki Belkahve Geçidi mevkinden girmiş. Mustafa Kemal Paşa, Belkahve'ye çıktığında ayaklarının altında bütünüyle uzanan İzmir'i ilk kez buradan görmüş.

Deniz kokuyor, killi toprak ve üzüm kokuyor, zafer kokuyor Ali Abi. Misket üzümlerini gördüğüm zaman anlamıştım onu. Aşkı için çıkmıştı bu İstanbul seferine. İzmir'den müzik diyerek çıktı, ama ablamı fethetmek içindi tüm seferler. Hep böyle olmaz mı zaten, insanı gerçek aşka, küçük sevdalar götürmez mi? Kiminin işi, kariyeridir küçük sevdası; kimi için spor ya da sanattır, el işi, yardımlaşma ya da topraktır. Herkes bir sevdanın peşinde giderken bulur aşkı. Önemli olan sevdanın peşini bırakmamaktır.'

17

"Ali burası çok şirin bir yer!"

"Dur daha her yeri görmedin."

"Çok beğendim."

"Gel, arkadaşlarımla tanıştıracağım seni. Selam millet, tanıştırayım Zeynep!"

"Merhaba Zeynep. Ben Zafer, bu Emre, bu da Damla."

"Memnun oldum, ben de Zeynep, hepinize kolay gelsin, rahatsız ettim tam provadayken kusura bakmayın."

"Rica ederiz, biz de izleyici ne zaman gelecek diye bekliyorduk. Bir şeyler içer misin?"

"Teşekkürler, sonra alırım. Ali ne zaman başlıyorsunuz? Merak içindeyim!"

"Şimdi başlıyoruz canım. Arkadaşlar, herkes hazır mı? Zeynep Hanım sizi şöyle başköşeye alalım, ama eşlik etmek istersen sahneye de alabiliriz."

"Aaa yok, çok sağ ol, burası iyi."

"Hadi çocuklar, başlıyoruz o zaman."

Şarkı başlar... Ali ile Zeynep hep göz gözedir.

Tam üç şarkı sonra romantik bir şarkı çalmaya başlar ve Ali yerini arkadaşına bırakıp Zeynep'i dansa kaldırır...

"Gel."
"Ali!"
"Gel canım."

Dans etmeye başlarlar ve Ali Zeynep'in kulağına fısıldar:
"Ben bir aşk için İzmir'den çıktım geldim buralara, müzik aşkı için... İyi ki de çıkmışım yola, en güzel notayı buldum, seni..."
"Ali!"
"Ömür boyu notam ol istiyorum, hep seni dinlemek istiyorum ben, Zeynep."
"Ne diyeceğimi bilemiyorum Ali çok şaşkın ve heyecanlıyım inan."
"Hadi müziğe bırakalım kendimizi."

Sarılıp dans etmeye devam ederler...

"Harikaydınız hepiniz arkadaşlar."
"Teşekkürler."
"Eee Zeynep şimdi sen anlat, neler yapıyorsun?"
"Ben psikoloğum, bir klinikte yetişkinlerle çalışıyorum."
"Tam yerine geldin, burada hepimizin psikoloğa ihtiyacı var."
"Çok özel bir iş yapıyorsun bence."
"Teşekkürler, Damla'ydı değil mi?"
"Evet."
"Teşekkür ederim."
"Ama çok zor olmalı, sanırım herkes biraz depresyonda."
"Haklısın, çok fazla depresyon hastası var."
"Ama depresyonsuz da üretemiyor insan."
"Nasıl yani?"
"Bence insan dibe inerken üretir, çıkarken değil!"

"Haklı olduğun taraflar var aslında."

"Ben de depresyondayım, Zeynep'çim. Yıllardır hem de, o yüzden müzikleyim."

"Tamam, yormayın Zeynep'i."

"Ne yorması Ali, uzmanı bulmuşuz, bırak içimizi dökelim."

"Biz biraz daha oturup kalkacağız."

"Aaa neden? Prova ne olacak?"

"Sabah erkenden emlakçıyla randevum var. Zeynep'in de işleri var."

"Tamam o zaman. Bak Zeynep açılışa bekliyoruz muhakkak."

"Geleceğim, ben de çok istiyorum."

"Hatta istersen şimdi kalkabiliriz Zeynep!"

"Olur."

"Öpüldünüz çocuklar, kolay gelsin."

"Öptük sizi, iyi geceler."

■

"Ali çok güzel bir akşamdı, her şey için teşekkür ederim, ama artık eve geldik."

"Benim için de öyleydi, hem sen hem de müziğimle geceyi bitirmek inanılmazdı."

"İyi geceler."

"Sen şarkılara çok yakışıyorsun Zeynep, iyi geceler."

"Sana da."

"Yarın ne yapacaksın? İşin yok diye biliyorum."

"Evet, ama Okan Hoca'yı arayacağım, e-posta gelmemiş hâlâ. Ayrıntılı bilgi alacağım, sonra Enes'le olurum herhalde."

"Tamam, bir ara çalarım kapını."

"Tamam, görüşürüz."

18

"Günaydın doktor bey."

"Günaydın, hoş geldiniz."

"Hoş bulduk."

"Özellikle sizi aradım, ablası çok duygusal davranır diye."

"İyi yaptınız, buyurun."

"Enes'in kan değerleriyle ilgili bilgi vermem lazım, test sonuçları geldi, sonuçlar iyi değil."

"Nasıl yani?"

"Tam net değil, ama kemik iliği biyopsisi gerekiyor."

"Nasıl yani? Neden şüpheleniyorsunuz?"

"Aslında şüphe değil bu, eminim ama bunu da yaptırmamız lazım."

"Emin misiniz?"

"Evet, Enes kan kanseri, Ali Bey."

"Ne, ne kanser mi?"

"Evet, ama durumun ciddiyeti için biyopsi şart, anladığım kadarıyla bayağı ciddi durumda."

"Ne diyorsunuz doktor bey? Nasıl olur? Allahım, inanılır gibi değil. Enes kanser mi?"

"Sizden ricam, ablasıyla uygun bir şekilde konuşup bana gelmeniz. Testler için hızlıca işlemlere başlamamız lazım."

"Nasıl ya, nasıl söylerim ben bunu?"

"Ali Bey durum çok zor farkındayım, ama hemen kabullenip tedaviye başlamamız gerekiyor. Daha kolay anlatabileceğim için sizi aradım."

"Daha kolay mı?"

"Şimdi sizden ricam Enes'i biyopsi için uygun olan hastaneye götürmeniz. Ama ablasına durumu ben anlatmalıyım, bu konuda pek hastane yok. Sizi gereken yerlere yönlendireceğim."

"İzninizle çıkabilir miyim?"

"Tabii Ali Bey, çok geçmiş olsun."

19

"Yine çok uyumuşum Nilgün Teyze."

"Olsun iyi oldu dinlenmen, bayağıdır böyle keyif yapmadın sen de."

"Enes?"

"Odasında duvarını izliyor öyle."

"Geç mi uyandı yine?"

"Gece sık sık kalktı, uyumadı ki."

"İçim hiç rahat değil Nilgün Teyze. Enes böyle davranmazdı; grip, nezle olduğunda bile sabah erkenden kalkardı. Başka bir şey var, canım sıkılıyor."

"Yapma kızım, kapı çalıyor, dur. Kim o? Aaaaa Ali oğlum gel, hoş geldin."

"Hoş bulduk, Zeynep evde mi?"

"Evet, gel içeride, çay yapayım size."

"Ali hoş geldin."

"Hoş bulduk Zeynep."

"Ne oldu, yüzün bembeyaz."

"Yok bir şey. Enes odasında mı?"

"Evet."

"Ben biraz kardeşimle sohbet edip geleyim."

"Tamam o da sevinir, biz de çay demleyelim."

"Tamam."

■

"Enes, kardeşim, çok kötüyüm, çok. Sana nasılsın demeye dilim varmıyor, güzel kardeşim benim."

'Hoş geldin Ali Abi. Bedenim acıyor, ama ruhum iyi. Biliyorum ne söyleyeceğini, sana şu an destek olmak isterdim ablamla ilgili. Ona nasıl anlatacağınla ilgili!'

"Ben nasıl söyleyeceğim bunu Zeynep'e? Ne tuhaf bir durum bu, acının sahibine acıyı nasıl anlatacağım diye soruyorum. Enes, ah Enes."

'Hayatta bir aşka bir de ölüme engel olamıyor insan. Bu yüzden sürekli aşkı arayan insan ölümsüzlüğün de iksirini arayıp duruyor. İkisi yan yana yakışmıyor gibi, ama ortak bir noktaları var: İkisinde de çekiliyorsun içine. İradesiz, bilinçsizce kayboluyorsun içinde. İkisinde de ruh bedenden ayrılıyor, ama tek farkları ayrılan bedenlerden, sadece aşktaki canlı kalıyor. Baksana ne güzel işte, ablam aşka, ben ölüme gidiyorum. Bazen çok önemli bir şeyi vermeden, çok güzel bir şey alamıyorsun hayattan. Şimdi bir düşünse insanlar, her güzel sonucun evvelinde neler gitti ellerinden? Kimse sanmasın ki güzel şeyler yaşayanlar acı çekmemiş. En büyük kayıplar onlardadır. Yüzlerindeki tebessüm acılarının ters orantısıdır. Hayat takasla ilerler. İstediklerin için vermen gerekenler vardır. Sağlıklı yaşamak istiyorsan, zevk veren şeyleri elinden alır; kariyer istiyorsan boş zamanlarını verirsin; iyi bir çevre istiyorsan, kötü bildiğin insanları vermek zorundasın. Başarı istiyorsan, öğlene kadar uykuyu, televizyonu, interneti, zamanını alan her şeyi verirsin; aile istiyorsan yalnızlığını, cesaret istiyorsan korkularını vere-

ceksin. Aslında bunun adı, ilahi düzende duası kabul olacak hale gelmektir. Her insan dua eder, ister ama kabul olunacak duaya sahip insan mıyım diye düşünmez. Şimdi diyeceksin ki ölümü biz mi istedik de yaşamı veriyoruz. Bırak o kadarı da Allah'ın hakkı olsun. Doğum ve ölümle sınırlanmış hayat, aradaki her şey için sen varsın. Bu yüzden Ali Abi aşk ve ölümü isteyemez insan. İkisi de kendi elinde değildir. Aramakla gelmez. İradesiyle kendini öldüren ile ben kendim aradım aşkı buldum diyen intihar eder. Şimdi üzülemiyorum kendime, elimde olmayanla tartışacak halim yok. Yaşamayı emanet edeceğim ablama ve bu sözüm sanadır: Neşeli yaşayın...'

"Enes, ben seni çok sevdim be kardeşim, bu kadar kısa sürede kardeşim gibi oldun. Efendim Enes, bir şey mi söylemek istiyorsun? Tamam bekliyorum, bu ne? Mezarlık kartı mı? Ölüm, Enes biliyor musun? Nasıl ya? Nasıl Enes? Nereden, ne şekilde biliyorsun? Sen nasıl bir mucizesin böyle? Biraz daha durursam ablanla konuşamayacağım Enes. Ablana söylemem lazım kardeşim."

■

"Zeynep biraz konuşabilir miyiz?"

"Tabii ki, sohbet ettiniz mi Enes'le?"

"Evet."

"Hadi çay da demlendi; hem içer hem de sohbet ederiz."

"Baş başa konuşabilir miyiz?"

"Aaa oğlum, beni istemiyor musun?"

"Nilgün Abla, kusura bakma ne olur?"

"Tamam, odama gidiyorum ben."

"Teşekkür ederim."

"Ne oldu Ali? Korkutuyorsun beni, ne oldu söyler misin?"

"Zeynep önce sakin olmanı istiyorum. Benim için de çok zor bir durum bunu söylemek, ama daha kesin bir şey yok."

"Ne oldu Ali?"

"Bugün Enes'in doktoruyla görüştüm."

"Hangi doktoruyla? Enes'in mi?"

"Hastanedeki doktoru çağırdı beni, test sonuçları için."

"Ne demek ya, beni neden aramadılar?"

"Doğrudan beni aradılar, abisi zannedip."

"Sen niye bana söylemedin?"

"Zeynep sakin ol."

"Ne olmuş söyler misin?"

"Yarın birlikte gitmemiz gerekiyor."

"Ali neden, sonuçlar ne çıkmış?"

"Kesin bir şey yok, ama ilik biyopsisi gerekiyormuş."

"Ne, ilik mi? Neden? İlik, ilik mi?"

"Evet, canım."

"Ne demek bu? Yoksa!"

"Hayatım sakin ol."

"Kanserden mi şüpheleniyorlar?"

"Şey, Zeynep!"

"Yok canım ne alakası var, ne kanseri, imkânsız."

"Hayatım kesin bir şey yok daha, doktor içimiz rahatlasın diyor."

"Ne demek içi rahatlayacakmış, kalk gidiyoruz doktora."

"Yarın çağırdı bizi ama."

"Hayır, şimdi gidiyoruz, ben yarına kadar bekleyemem."

"Zeynep kızım ne oldu?"

"Nilgün Teyze ya, duymuyor musun, Enes kanser diyorlar."

"Neeeee! Aman Allahım, ne kanseri!"

"Sakin olun lütfen, hadi Zeynep gel biz gidelim doktora, hadi."

"Ne kanseri oğlum? Kim dedi, ne oldu, hiçbir şey anlamadım. Ne olur bana da anlatın?"

"Biz doktora gidiyoruz Nilgün Teyze."

"Kızım duramam ben burada, ne olur ben de geleyim."

"Olmaz sen Enes'le kal, biz gidip geliriz."

"Aman Allahım!"

'Allahım her ölümün öncesi böyle kıyametler mi olur? Ölüm kime geliyorsa, yanındakilere de kıyamet getiriyor. Ne olur çok üzülmesin, çok ağlamasın ablam. Beni de yavaş yavaş değil, hemen çağır Allahım. Günleri, saatleri geçmez ablamın. Azlığa değil, yokluğa alışır ya insan, izin ver ne olur. Meleklerin de gelmiyor ne zamandır Allahım! Bedenimi terk ettiler birden, onların yokluğu acımı arttırıyor. Ruhuma gelsinler biraz ne olur. Ben ölümden korkmuyorum, genelde geride kalanlar korkar ölümden. Tek sebebi bilinmezliktir. Çoğu toprağın altı sanıyor ölümü, oysa ölüm yeryüzünün üstü, gökyüzünün ötesi, insanın keşfedemediği bir yerdir. Ölüm aşkın merkezine çekiliştir. Aşkın merkezinde adı ölüm değil, doğumdur.'

"Ay Enes'im ay oğlum, nasılsın? İyi misin yavrum, ah ah ah, elim ayağım tutmuyor, ay ben nasıl anlamadım, yok doğru değildir zaten. Ah kuzum o bedeninde ne acılar çekiyorsun da söyleyemiyorsun, diline gelmiyor. Allahım, Allahım nasıl bir şey bu? Ne demek kanser, ne demek? Ne yaparız biz? Nasıl dayanırız? Eness, Enessssss."

'Demek kanserim! Nilgün Teyze ağlama ne olur. Nasıl bir çaresizliktir bu, nasıl bir acizlik. İnsan kaç kere yaşar bu çare-

sizliği, Nilgün Teyze? İnsan kendini her gün, akşama kadar her şeyi yapabilecek güçte zanneder ya. Aslında başına gelene kadar hiçbir şeyin elinde olmadığını hiç fark etmez değil mi? Çiçekleri kendi büyüttü zanneder, çocukları kendi yetiştirdi, ayağa kendi kalktı sanır, işlerini kendi yaptı. Aslında hepsi için izin verilir, ama bunu insan idrak etmez. İstemek insanın elinde, ama izin veren kendisi değil, Yaradan'dır. Hiçlik makamı bu işte Nilgün Teyze, çaresizlik hissi... Annem babam öldüğünde yaşamıştım, yine şimdi evimizde. İnsan vesile olmakla, yaratmak arasında kaldığını sanır hep. Böyle zamanlarda anlar sadece vesile olabildiğini. Beni şimdi duyan olsa, dilimde Allah var diye yobaz diyecek, sen de mi diyecek; kimi de aferin, böyle olması gerekiyor diyecek. Ne derlerse desinler. Biliyorum ki herkes ölümde tektir ve kalanlara tek bir cümle söylenir: Başın sağ olsun... Ölmeden hazır olmak diye bir şey okumuştum, ilk zamanlar anlamamıştım, kefen giyip beklemek mi lazım demiştim. Sonra anladım ki yaşamın sevinci ölümü kabullenmekle geliyormuş. Çiçeği koparmayan, insanı kırmayan, hırsızlık yapmayan, tecavüz etmeyen, yalan söylemeyen, aldatmayan insanlar her şeyin geçiciliğini bildikleri için böyle yaşarlarmış. Eğer her şey kalıcı olsaydı kırmakta, koparmakta insanın hakkı olurdu. Ölümü kabul eden yaşatmak için çırpınır. Biliyor musun, küçükken evden dışarı gezmeye çıkardıklarında ya da terapiye giderken evde kim kalıyorsa ona tebessüm ederdim. Onların gözlerinde son fotoğrafım bu olsun diye. Gittiğim her yerde tanıştırdıkları insanlara da aynısını yapardım. Ne kadar güleç çocuk derlerdi, ama ben onlar için tebessüm ederdim. Tebessüm ettiğim için bana kızan kimse olmadı. Bazen evde soğuk rüzgârlar eserdi, herkes kendi odasına çekilirdi. Odalara dalar herkesi kucaklardım. Zamanla annemin sözleri kulaklarımdan aklıma geçmeye başlamıştı. Herkesten helallik almak lazım, kalp kırmamak la-

zım derdi komşularla dertleşirken. Allah korusun kapıdan çıkar bir daha dönemezsin, kalanla önceden hesaplaşmak lazım derdi. Sonra anladım bu benim farkında olmadan helalleşme şeklimmiş. O zaman her canlının, her cansızın hakkı var bende. Ömrüm yetmeyecek hepsiyle ödeşmeye. Oynadığım, beni mutlu eden yüzlerce oyuncak var. Yürüdüğüm yollar, bastığım topraklar, denizin kokusu, kulağıma müzik olan kuş sesleri, yediğim ekmek, içtiğim su, sırtımı sıvazlayan büyükler, gittiğim doktorlar, bana okumayı öğreten öğretmenler, çok fazlalar. Zamanla anlıyor insan her şeyin kendi hizmetinde olduğunu. Bazen evden çıktığımda adımlarımı sayardım, beş bin adım gezdiğimi biliyorum. Binlerce taş sayardım; yanımdan, önümden geçen yüzlerce aracın plakasını sayar toplardım. Hatta bir keresinde, aslında birkaç kere dışarıda gördüğüm insanları saymıştım. Çok fazla rakam, çok fazla resim var zihnimde... Hepsine tek tek teşekkür etmem mi lazım? Bir teşekkür yetecekse, teşekkür ederim. Teşekkür etmek, teşekkür edileni değil, yaptığı davranışı yüceltir ve iki tarafa da iyi gelir. Ben en çok pastalara ve üzümlü keke teşekkür etmek istiyorum. Yıllardır beni bütün insanların gözünde sevilecek bir insan yaptılar. Pasta ve kekler sayesinde onlarca misafirim oldu; yüzüme bakan otizmi değil, yeteneğimi gördü. Dışlamadılar beni, teşekkür ederim pastalar ve kekler.'

20

"Doktor bey yerinde mi?"

"Evet, ama hastası var, randevunuz var mı?"

"Bu sabah görüştük, bekliyordu bizi, randevu almadan da gelin, konuşalım demişti."

"Tamam, biraz beklerseniz; hasta çıksın alacağım sizi."

"Teşekkürler."

"Zeynep iyisin değil mi?"

"Ali konuşamıyorum şu an, kendimde değilim. İnşallah bu bir yanlış anlamadır."

"Tamam Zeynep, birazdan doktor her şeyi anlatacak bize."

"Hah çıktı hasta, haydi."

"Doktor bey tekrar merhaba, Enes'in ablasıyla geldik."

"Hoş geldiniz."

"Kusura bakmayın, randevu alamadık, Zeynep öğrenince..."

"Tamam sorun değil, buyurun lütfen."

"Doktor bey, Ali'nin söyledikleri doğru mu? Ne olur, öyle bir şey yok deyin!"

"Zeynep Hanım çok zor biliyorum, ama ilik biyopsisini yapmamız gerekiyor."

"Neden?"

"Enes'te kan kanserinden şüpheleniyorum."

"Ne demek şüphe doktor bey?"

"Aslında gerçekçi olacağım."

"Lütfen, ne olur."

"Kanserden eminim, ama bu biyopsi şart."

"Ne, nasıl olur ya, nasıl yani, Enes kanser mi?"

"Zeynep ne olur sakin ol hayatım, biliyorum çok zor bir durum."

"Zeynep Hanım bir çırpıda söylemek bana da zor geliyor, ama biliyorsunuz mesleki bir durum, ne olur kusura bakmayın."

"İnanamıyorum, inanmıyorum, başka doktorlara da gidelim, başka testler de yaptıralım. Bir yanlışlık olmalı."

"Zeynep Hanım ben sizi özellikle bu durum için çağırmıştım. İstanbul'da bu alanda hizmet veren tek yere yönlendireceğim sizi, yapılması gereken testi ve bulguları da yollayacağım. Geleceksiniz diye tüm bilgileri şuraya yazdım."

"Hayırrrrrrr olamazz, Enesss!"

"Ali Bey isterseniz biraz hava aldıralım Zeynep Hanım'a."

"Zeynep hadi kalk. Lütfen Zeynep bırakma şimdi kendini. Hadi ne olur, gel dışarı çıkalım biraz, hadi."

■

Zeynep biraz sakinleştikten sonra hastane bahçesindeki banka oturup konuşmaya başlarlar:

"Ali."

"Efendim Zeynep?"

"Ali dayanamıyorum, her yerim acıyor, etim koparılmış gibi ben dayanamam, dayanamam."

"Zeynep çok zor biliyorum, ama güçlü olmalıyız, hemen testleri yaptırıp tedaviye başlamak lazım. Erken tedavi önemli, biliyorsun, elimizden geleni birlikte yaparız. Gerekirse yurtdışına gideriz."

"Ali ben eve gidemem! Bu akşam bakamam Enes'in gözüne, bakamam! Dokunamam ona, soru soramam, oyun oynayamam, tutamam ellerini, ben ne yapacağım Ali?"

"Zeynep bu halde eve gitmeyelim, biraz kendine gelmelisin; gel daha vakit varken şu söylediği hastaneye gidip randevu alalım."

"Nasıl yapacağım, hiçbir yere sığamıyorum, nasıl gideceğim?"

"Ben yanındayım, her şeyi ben hallederim."

"Nilgün Teyze aramış yüz kere, ona nasıl anlatırım ben."

"Ben birazdan arar konuşurum."

"Sakın söyleme."

"Doktor başka test istedi, randevu almaya gidiyoruz derim."

"Ne olur söyleme."

"Söylemem canım."

■

"Nilgün Abla."

"Ah Ali oğlum ne oldu? Neden açmıyor telefonu Zeynep?"

"Doktorla görüşme uzadı da ondan, ben arayayım dedim."

"Ne oldu yavrum, anlat ne olur?"

"Başka bir test istediler, o test için başka hastaneye randevu almaya gidiyoruz."

"Kanser mi? Kanser mi söylesene Ali."

"Nilgün Teyze bunun için erken, şu test randevusunu ayarlayalım, geleceğiz eve konuşuruz."

"Ah tamam, ama ne olur haberdar edin beni de."

"Tamam ablacım, görüşürüz."

"Ne diyor?"

"Çok endişeli, panik yapmış iyice."

"Offff!"

"Hadi gidiyoruz. Bak, en iyi doktoru, en iyi hastaneyi bulacağız merak etme."

"Sana da yük oluyorum."

"Saçmalama ne olur?"

21

'Yarına ne bırakabilir insan? Bugün elindekileri sayarak mı yaşıyorlar yoksa? Bu kadar hızın, telaşın altında yatan ne acaba? Hep bir yerlere yetişme telaşı kimseyi yormuyor mu? İnsan her günü bir kazanç gibi görüp, veriler mi bekliyor? Yarına ne bırakacağım diye sürekli kendine soruyor mu? İnsan bu sürekli hızın altında nasıl yaşar? Kiminle bu rekabet? Dayatılan ne kadar çok şey var insana. Eğer ben otizmli olmasaydım, aynı şeyleri ben de yaşayacaktım. Ben bu kadar hızlı yaşayabilir miydim, bilmiyorum. Sayılmamış bu kadar yaprak, görülmemiş bu kadar manzara, kokusu alınmamış binlerce tat, gidilmemiş yollar, basılmamış bu kadar toprakları algılamadan ölecektim. Önce okula gitmeliydim, sonra okulda başarılı olmalı, okuldan diploma almalı, en az bir hobi edinmeli, arkadaşlarımla iyi geçinmeli, sonra askerliği bitirmeli, üniversite okumalı, evlenmeli, çocuk sahibi olmalı ve kimseye yük olmadan en az sigortalı bir şekilde yaşamalıydım. Sonra bir evim, bankada biraz param olmalı; çocuklarımı okutmalı ve bana dayatılan her şeyi onlara aktarmalıydım. Kimse bana mutlu olmak için yaşa, yeteneklerinin peşinden git, sosyalleş, âşık ol, öğren, araştır, yeni yollara göz kırp demeyecekti. Bu şekilde yaşayan herkese soruyorum, nedir bu dünyadaki amacınız? Borcunuz olmasın, evsiz kalmayın, üreyin, bir ev daha alın diye mi her şey? Sonra ne olacak,

bitecek mi bu telaş? İnsanın sahip olduğu şeyler arttıkça açlık hissi de artıyor. Ülke, kafelerde sipariş verip dolu tabak bırakan, spor salonuna peşin ödeme yapıp gitmeyen, evde kullanmadığı eşyalarla yaşayan insanlarla doldu taştı. Olmayı, sahip olmaktan öne almış insanlar kalabalığı. Artık bir eşyaya sahip olur gibi insanlara da sahip olma arzusuyla yanıyor bazıları. İnsan birileriyle var olabilir, birilerine sahip olamaz. Babamın dinlediği eski şarkıların sözleri geliyor aklıma: 'Sen dalında bir çiçektin, seyredaldım seni, koparmasınlar diye seni, ayık kaldım. Ben senin çiçek olabilmeni seviyorum...' Oysa şimdiki şarkılarda: 'Koparırım seni dalından, kuruturum bilesin, eğer benim olmazsan, yenisini dikerim...'

Baksana eskiden sevgiliye bakarken, onun özelliğini kabul edip, ona sahip olma arzusu olmadan sevebilmeyi bilirlermiş. Dalından koparsa, çiçek olma özelliğinin gideceğini bilir ve onun çiçek olarak kalması için severlermiş. Şimdi çiçek dalında değil, elindeyken anlam buluyor bazılarında. Koparıp koklayamadığı sürece onu çiçek olarak algılamıyor. Çünkü önce ona sahip olmak istiyor, sonrası malum... çiçek solacak veya sahibi sıkılacak. Anne babalar evlatlarına, eşler ve sevgililer birbirlerine, patronlar çalışanlarına, siyasetçiler yanındakilere, arkadaşlar birbirlerine, herkes herkese sahip olma arzusunda artık. Satın alınmış sevdalar varken tabii ki insanlar telaşlanır, çünkü ne kadar koşarsa o kadar çok yakalar. Peki koşanlar izleyebilirler mi çiçekleri? Koklayabilirler mi? Anda olan her şeyi sona alma artık, sonda bekleneni de ana koyma hayal olarak. Dizilerdeki karakterleri evlendirmek, yarışmalardakini kazandırmak, sevdiklerini tt yapmak, çıkarına uymayanları yok etmek isteyen insanlaradır bu sözüm: Sen ne kazanıyorsun? Kazandığını zannettiklerini nereye götürüyorsun? Yarına uyanacaksın ya, nasipse, ilk uyandığında ne söyleyeceksin kendine?'

"Enes, yavrum ablan aradı birazdan geliyorlarmış... Uyudun mu Enes, uyu yavrum, hah geldiler galiba."

"Nilgün Teyze."

"Ahhhhh Zeynep."

"Ağlama ne olur, Enes odasında mı?"

"Uyuyor kızım."

"İyi mi?"

"İyi iyi, hiçbir şeyi yok, ne oldu anlatın, ne olur."

"Sakin ol Nilgün Abla. Hadi salona geçip konuşalım."

"Nilgün Teyzeeeee."

"Ağlama kızım, Zeynep ne oldu, deliricem anlatın, ne olur!"

"Tamam Zeynep, hadi elini yüzünü yıka, biraz sakinle. Ben de Nilgün Abla'ya anlatırım durumu."

"Ne durumu? Ne oldu?"

"Gel Nilgün Abla, sakin ol, dinle beni. Abla, Enes'in bu halsizlikleri, diş eti kanaması, her şeyin nedeni..."

"Evet, neyin nedeni?"

"Nilgün Abla, Enes."

"Eeeeeveeet, Enes."

"Kan kanseri, abla."

"Neeeeeee kanser mi? Aman Allahım, aman yarabbim! Ne demek kanser, nasıl olur, sapasağlam çocuk, nasıl kanser olur? Zeynep, Zeynep ne diyor, ne kanseri?"

"Abla lütfen, o da çok yıprandı bugün. Zeynep gel canım sen de."

"Nilgün Teyze, içim acıyor, nefes alamıyorum, ne yapacağız biz?"

"Ay aman Allahım, Enes'im kanser, amannn."

"Abla acil randevu aldık biyopsi için, ilik testi yapacaklar yarına, hızlıca ayarladık."

"Daha belli değil yani, öyle mi?"

"Abla, doktor kesin konuştu, ama bu tetkiklerin de yapılması gerekiyormuş."

■

"Enes uyuyor mu Nilgün Teyze?"
"Evet."
"Ben bir yanına gidiyorum."
"Tamam kızım."

"Nasıl da melek gibi uyuyorsun kardeşim, çok kötüyüm Enes. Çok canım yanıyor. Ellerine, gözlerine, saçlarına kurban olurum senin, mis kokulum, dilsiz meleğim benim. Sen çok güçlüsün, ne olur iyileş, beni sakın sensiz bırakma. Sen de gidersen, ben tek başıma ne yaparım? Annemle babamı seninle birlikte özlüyorduk; bana bir de kendini özletme ne olur..."
"Gelebilir miyim Zeynep?"
"Gel Ali."
"Sesimizden uyanmaz değil mi?"
"Derin uyur, gel."
"Ne güzel uyuyor."
"Melek gibi."
"Melek gibi aynen, güzel kardeşim benim."
"Ali."
"Efendim Zeynep."
"Enes ve Enesler kötülüğü örten insanlar biliyor musun?"
"Nasıl?"
"Yeryüzünde gezen kötü kelimeler var ya, insanların birbirlerine sarf ettiği ya da arkalarından konuştukları, işte o kelimeleri, cümleleri Enesler duymuyor, tepki de vermiyorlar. Zihin dünyalarında bu tip kötülükleri algılayacak bir sistem yok. Hakaret, yalan, küfür, ego, dışlama, yok sayma gibi ne kadar

kötü niyetli kelime ya da cümle varsa hiçbiri işlemez Eneslere. Karşısındaki boşuna konuşur durur sadece. Düşünsene senin ya da benim gibi birine, karşımızdaki böyle cümleler kursa muhakkak içimizde bir karşılık bulur, en azından kızar ya da rahatsız oluruz. Ama Enes'in içinde bunlara karşılık gelen bir yer yok. Sadece ilgi, sevgi ve samimiyet cümlelerine karşılık var. Gözbebekleri sadece sevgiyi görünce büyüyor; ha bir de üzümlü kek yaparken... Sadece güzel duygularla yaşıyor inan, ağlaması, sinirlenmesi ve kızması insana değil, istekleri engellendiğinde oluyor. O da zaten engellenmeye kızıyor, engelleyeni görmüyor bile. Bakmıyor gözlerine bir daha görüp kin beslememek için. Nasıl bir insan, nasıl bir kalp bu Ali? Bu çocukların bakımı zor olabilir, ama sadece bakımları zorluyor aileleri, ama bu çocuklar yaşadıkları evin içindeki herkese gönül bakımı yapıyorlar. Çarpım tablosunu öğrensin diye hiç yırtınmadı annem. Arkadaşlarından zarar görür mü diye endişelerimiz olmadı. Babam acaba evlenecek mi diye dertlenmedi. Mahallede kavga eder, bizi rezil eder diye paniklemedik; uyuşturucuya, alkol veya sigaraya başlar mı ergenlikte diye telaşlanmadık. Defterlerine bakıp acaba ödevlerini yaptı mı, yapmadı mı diye araştırmadık. Büyüklerine saygısız, küçüklerine zalim olmasın diye dualarımız olmadı. Aslında bizim hiç derdimiz olmamış be Ali! Biz sadece yemeğini kendi yesin, kıyafetlerini giyebilsin, derdini anlatabilsin, kendini koruyabilsin istedik hep. Bunları zaten hep birlikte yapıyorduk. Biz sadece yıllarca zihnimizde acizlik, eksiklik, tuhaflıklar yaratmışız, onun normal olmadığını düşünüp etraf ne der diye dert etmişiz, kendimizde kusur aramış ve ondan çoğu zaman çok fazla şey beklemişiz. Evet, kusurlu biziz, biz. Konuşabiliyoruz, yemeklerimizi kendimiz yiyebiliyoruz, derdimizi anlatıp çarpım tablosunu ezberleyebiliyoruz da mutlu mu oluyoruz? Kusurlu olan biziz, çünkü zihnimizde olması gerekenleri depolamış ve dış dünyada göremeyince mutsuz olmuşuz hep. Acaba Enes mutlu muydu yıllarca?"

"Gözleri açık, galiba bizi dinliyor."

"Enes kardeşim, canım, uyandın mı?"

"Dokunma istersen; uyanmamış, gözlerini açıp kapadı sadece."

'Ben hep mutluydum ablacım, hâlâ da mutluyum. Etrafımda kötü konuşan, kötülük yapan insanlar gördüğümde ben de şaşırıyordum. Bu duruma nasıl karşılık vermem gerektiğini çok düşündüm, zihnimin cephane deposuna baktım hep, sadece can simitleri vardı ablacım. Kötülük yapanlar bir süre sonra dipsiz kuyulara düşmüş, pis sularda boğulmak üzere olan insanlar gibi gelmeye başladı. Sonra uzun uzun düşündüm; kötülük yapana mı, yoksa kötülüğün kendisine mi tepki vermem gerekiyor diye. Sonunda karar verdim ve tekrar tekrar baktım cephaneme. Can simidi ne işe yarar? Boğulmak üzere olanı kurtarmaya. İyi ama bana kuyuları kapatacak, pis suları yok edecek cephaneler verilmemiş ki, sadece can simidi verilmiş. O zaman anladım ki kötülüğe dokunma, ama onun için batanları kurtar. Bunu da can simitleriyle yaptım hep. Sonra anladım ki kötülük bir seçimmiş... Kötü söz, kötü davranış, kötü niyet bir seçim ve insan iradesiyle herhangi bir sebepten dolayı seçebiliyor, ama seçtiği için önce anlaşılmayı hak ediyor. Arkamdan konuşana gülmeye, yüzüme garipmişim gibi bakanları samimiyetle sevmeye, benden daha iyi olanlara iyi dilekler dilemeye başladım. Bunlar cephanemdeki can simitlerinin dış dünyada karşılık bulmuş halleriydi. Sonra annemin odasında sakladığı ve ara ara çıkarıp okuduğu Kur'an-ı Kerim'i buldum. Türkçe mealini okumaya başladığımda anladım ki, bir Yaratan var, bir de insanların yarattıkları tanrı var. Bir din var, bir de insanların

oluşturdukları din var. Hangisine inanmam gerektiğini çok düşündüm, ama zamanla anladım ki: Bir Yaradan bir de din var, gerisi insanların çıkarları için uydurdukları. Okuduğum kitaptan şunu anladım: Allah kötülüğe kızıyor, kötülük yapan insana değil. Allah kötülüğü lanetliyor, kötülük yapanları değil. Ama insanlar kendi ürettikleri dine göre kötülüğü yok etmek yerine, kendilerine göre kötülük yapanları yok etmeyi tercih ediyorlar. Bu din olamaz, bu insanların ürettikleri uydurmadan başka değil. Güç savaşı. Yanlış yapan insanları uyarmak ve onlara can simidi göndermek Allah'ın en güzel iletişim yolu. İnsanlar can simidi vermek yerine, daha da batırmak istercesine çabalıyor, ama kendileri aynı duruma düşünce can simidi istiyorlar. Yani anladım ki yanlışın ve kötülüğün can simidi tövbe etmek, nefretin can simidi sevmeyi öğrenmek, öfkenin can simidi anlamaya çalışmak, zalimliğin can simidi merhamet etmek, bencilliğin can simidi paylaşmak, kötü sözün can simidi güzel sözmüş. Sonra anladım ki Allah'ın bizim yapacağımız hiçbir şeye ihtiyacı yokmuş, asıl olan bizim yapmamız gerekenlere ihtiyacımız varmış. Dua et dediğinde benim için, temiz ol dediğinde benim için, sevmeyi öğren dediğinde benim için istemiş. Ayıpları ört, paylaş dediğinde senin için istemiş. Çalış dediğinde bizim için, oruç tut dediğinde beden ve ruh için, savaşma dediğinde dünya için, başka canlılara zulmetme dediğinde hayvanlar ve doğa için, anneni babanı sev dediğinde aile için, namaz kıl dediğinde ruhumuz için, hoşgörülü ol dediğinde hepimiz için istemiş. Bunları yapıp yapmamamız için de irade vermiş. Seçim benimse hesap sormak neden bir başkasına düşsün ki? Kötülüğün yok olması için kötüleri yok etmek yerine, onlara can simidi vermek lazım. Buna rağmen devam edenlerin cezası da sonu da belli zaten. Ama ben ayıpları örtmekten, yanlışları düzeltmekten, pisliği temizlemekten yanayım. Herkesin can simidi etrafı kadardır.

Kiminin bir bardak su için düğme kadar, kiminin okyanus için gemiler kadardır. Kullanmak isteyene.'

"Yine açtı gözlerini."

"Ne düşünüyor acaba?"

"İnşallah güzel rüyalar görüyordur."

"Hadi Zeynep biraz rahat bırakalım, uyusun."

"Tamam, iyi geceler canımın içi."

"Ali sen de git dinlen, ne olur, çok yoruldun."

"İyiyim ben."

"Olmaz, hadi lütfen."

"İstediğin kadar kalabilirim Zeynep, yarın hastaneye birlikte gideceğiz zaten."

"İnan, gerek yok."

"Bu konuda itiraz istemiyorum."

"Tamam o zaman dinlen sen de. Yarın birlikte gideriz, çok teşekkür ederim."

"Tamam canım, ben eve gidiyorum, ama bir şey olursa haber ver bana, olur mu?"

"Olur."

"Sen de dinlen, uyumaya çalış lütfen."

"Çalışacağım, iyi geceler."

"İyi geceler."

"Her şey için teşekkürler."

"Uyumaya çalış lütfen."

22

'İnsanı mahveden elinden bir şey gelmemesi değil mi? Olacaklarla ilgili hiçbir şey yapamamak, acizliğin ıstırabı değil mi? Ablam hep kontrolü seven ve müdahale ederek yaşayan bir insan. Biliyorum ki niyeti bencillik değil, ama mükemmeliyetçi insanlar önce kendilerine zindan ederler hayatı. Bilmezler ki hayatın kendisi mükemmel değilken, sen nasıl mükemmel hale getirebilirsin hayatta olanları? En garibi de mükemmel bakmadan, mükemmeli beklemek. Zorladıkları kendileriyse, hata istemedikleri için etraflarındaki herkesten doğruları beklerler. Hayat katılığı sevmiyor, bütün kırılmalar bu yüzden; esneyemediğin yerden paramparça oluyor. Fırsat verebilmeli olanlara, hadi git bir daha gel, diyebilmeli. Bak yine olmadı, biraz daha demlen diyebilmeli. Benim elimden bir şey gelir mi, yardım ister misin diyebilmeli? İnsan sadece insana yardım etmez, insan olaylara da yardım eder; önüne gelen her şey insanın tepkileriyle seyrini değiştirir. Hayatın her şeyi iyileştirme döngüsü var ve yardımı insandan alır. İnsan sadece düşünerek yardım edebilir ve esnek bir düşüncenin olabilmesi için karşılaştığı olaylardan korkmaması şarttır. Bazı insanların çoğu zaman, bazı zamanlardaysa hepimizin aşırı katı tepkili olmasının sebebi korkularımızdır. Korku ya kaçırır ya da saldırtır. İnsan dünyaya sağlıklı düşünerek yardım edebilir. Toprağa bakmak, havayı ve suyu

temiz tutmakla bir yere kadar devam edebilir dünya; ama aslolan toprağa, havaya ve suya konuşabilmekte, onlara baktığında en derinlerini görebilmekte. Suyu sadece içmek, yıkanmak ve yüzmek ihtiyacında hatırlayan insanoğlu, toprağı sadece piknik ve yürüyüşte hatırlayabiliyor. Düşünmeye ihtiyacın olduğunda değil, her baktığında, her kokladığında olabilmeli. Kimsesiz kalmış dünya, sadece Yaradan'ın yarattığı ile halihazırda, ama sunulduğu insan tarafından ihmal edilmiş halde. Her ağaç mobilya ve kâğıt, her kum tanesi cam olma yolunda; ne cama ne de mobilyaya baktıkça hatırlanmayan doğa. Dönüştürüldükçe unutulan bir dünya. İnsan da bu hale gelmiş durumda, süslendikçe, estetikle değiştikçe, statüyle başkalaştıkça unutulan insan. Hatırlanan sadece isimler, bedenler, dış görüntü, ama unutulan her birinin insan olması. Gün gelecek her canlı özüne dönüşmek için sadeleşecek, modadan, sosyal medyadan, ünden, fenomenlerden, kimliklerden bunalacak ve terk edecek her şeyi; özüne dönecek. Bu şekilde esneyebilecek tüm olanlara karşı. Bu kadar katı ve mükemmeliyetçi olmayacak. Ve anlayacak ki, onu yaratan mükemmel, ama mükemmeliyetçi değil. İnternet dünyasına, telefon programlarına bakınca anlıyor insan, herkes kendi fotoğrafını çekip programlarla en mükemmel yüz hattı, en pürüzsüz cilt, en parlak surat olma arzusunda. İstiyorlar ki her gören beğensin, kimse eleştirmesin, kimse bir eksik bulamasın. Mükemmel olmak birçoğunun isteği ama olamadıkça başkalarına katılaşır hale geliyor insan ve mükemmel olmadıkça kendini kendiyle kilitler hale gelmiş durumda.

Lütfen beni yanlış anlamayın, hayatı çözmüş, bilmiş biri gibi algılamayın. Sanki her şeyi dört dörtlük yaşayan biri gibi konuştuğumu da düşünmeyin. Aslında hepinizin yaptığını yapıyorum, bunu çevremdeki insanlardan öğrendim. Başkalarına konuşurken uzman olmak, ama kendi hayatına aynı bilgi, çıkarım ve yorumlarla bakamamak. Çevremde herkes bu şekilde. Birkaç atasözü, birkaç motto ve birkaç genel yargıyla konuşuyorlar. Kısalmış cümleler, büyük mesajlar içeren, ama daha tam anlamıyla kendisinin bile anlamadığı şekilde. Aynı sosyal medya yazıları gibi, çoğu Mevlânâ sözlerini paylaşır, ama Freud düşünceleriyle yaşar. Ne garip değil mi: Bu âlimler, biliminsanları ve birçoğu ömürlerini yaşamı anlamaya adamışlar. Kendileri 'ben hayatı çözdüm' bile dememişken; yüzyıllar sonra dünyaya gelen bizler, onların çıkarımlarını çıkarlarımız için kullanır haldeyiz. Üzerine düşünmeden, içselleştirmeden, hatta anlamadan. Hatta en çok şaşırdığım diyalog ortamlarından bahsetmek istiyorum size: Rahmetli annemle de, babamla da, ablamla da, Nilgün Teyze'yle de yaşadım, yaşıyorum. Herkes bir araya gelince birbirlerine ilk soruları: 'Nasılsın? Ne yapıyorsun?' Herkesin cevabı: 'İyiyim çok şükür, iş güç, çoluk çocuk aynı şeyler.' İlginç bir şekilde 'iyiyim ve çok şükür' diyen insanlar, bu cevaptan hemen sonra hayata ve insanlara dair şikâyetlere başlıyorlar. Hiçbirinin iyi olmadığını ve şükürlerinin örtülmüş isyan olduğunu gördüğümde çok şaşırıyorum. İnsan neden 'İyi değilim' diyemiyor? Bu nasıl bir ağız alışkanlığıdır? Ne kadar yanlış şeylere, ne kadar yanlış şekilde alışmış herkes. Kalbi diline küsmüşse insanın, kendine bu kadar yabancılaşması normal değil mi? Dili başka, kalbi başka söylüyorsa, işte o zaman aklı devreye sokmak lazım. Akıl her insanın kolay bulabildiği bir yol değil. Biraz bedeli, biraz uğraşı var. Bu gece nedense bu düşüncelerle uyumak üzereyim.'

23

"Günaydın ablacım, Enes'im nasılsın?"

"Sana da kızım, Enes oğlum günaydın. Kızım randevu kaçtaydı?"

"Bir saate çıkmamız lazım."

"Tamam, kahvaltı hazırlayalım hemen."

"Doktor bir şey yemeden gelsin dedi."

"Aaa, tamam tamam."

"Efendim Enes, ne istiyorsun? Tamam, geliyorum odana."

"Ne istiyormuş kızım?"

"Dayanamayacağım Nilgün Teyze. Annemle babamın mezarlarına gitmek istiyor, onların kartlarını gösterdi. Ali de gelsin istiyor."

"Ağlama kızım, uzun zamandır gitmemişti, ondandır."

"Ali'yi aramam lazım."

"Hadi ara sen."

'Biliyorum çok üzüldüğünü ablacım, ama sürece alışmanı istiyorum. Her geçen gün daha da kötü olacağımı biliyorum, senin de hazır olman lazım be ablacım. Yaşamaya çok hazırız, ölüme de ölümlere de hazır olmamız gerek. Ali Abi de gelmeli abla mezarlığa, en önemli anlarında seninle olmalı, bu sizi bir-

birinize daha çok bağlayacak. İnsanları birbirine en sağlam şekilde acılar bağlar. Acıyı birlikte göğüslerken vicdan, merhamet ve güven daha sağlam işlenir, çünkü insanlar sonrasında ne kadar zorlanırsa zorlansınlar vicdan ve merhamet tüm problemleri çözer. Sevgi, içinde merhamet ve vicdan yoksa öksüz kalır. Seviyorum deyip de üzen insanlarda, sevgi kendisine dönüktür ama bilmezler. Merhametsiz sevgi insanı zalimleştirir, vicdansız sevgi bencilleştirir. Baksana her yerde bencil ve zalimce sevenler var; işte onlar sadece kendilerine âşıktır. Ve yanlarında olan herkes onlara hizmet etmek için vardır. Bunlar olmadan bir insanı sevmişsin, sevmemişsin ne yazar? Bu yüzden birçok kadın gözyaşıyla erkeğin vicdanını hareketlendirmek ister. Erkeklerin annelerini baş tacı etmelerinin sebebidir bu. Vicdan ve merhamet en çok annelerde vardır. Babalar annelere göre biraz daha eksiktir. Çoğu baba da gizli gizli anneye bırakır bu işi. Ali Abi de sana yardım ettikçe bağlanacak ablacım. Çünkü, sen o kadar güçlüsün, o kadar minnet etmezsin ki, ona hiçbir iş bırakmazsın. Her şeyiyle kendine yeten, erkeğe iş bırakmayan kadınlardansın. Eğer böyle devam etseydi bir süre sonra Ali Abi güçsüzleşecek ve sana yetemeyeceğini hissedecekti. Erkek yardım ettikçe, bedel ödedikçe bağlanır. Bu yüzden Ali Abi hep yanımızda olmalı, ben gidene kadar. Biliyorum senin hayatta kabul etmeyeceğin açıklamalar bunlar. Ama ablacım hayatta olmaz dediklerimiz olur hep, hayatta yapmam dediklerimizi yaparız ve kesinlikle inanmıyorum dediklerimize gün gelir başvururuz. Ablacım öyle bir adam olmalı ki kadının seveceği, nezaketi kimse yokken evde baş başa gösterebilecek, çantanı sen taşıyamadığın için değil, yanındayken sana yakışmadığı için alacak senden, onun bu nezaketi sayesinde senin zarafetin çıkacak. Senin olmadığın yerlerde kadın gördüğünde 'ben erkeğim bakarım' değil 'ben adamım bakmam' diyebilecek. Sen konuşurken senin dışındaki herkesi, her şeyi susturabilecek, mimiklerini izleyebilecek, bir sonra ne olacak diye tahminleri doğru çıkacak; beş tane 'S' verecek senin kalbine: sevgi, sabır, sadakat, sorumluluk ve saygı... Bu beşiyle yaşayacak seninle; o da bilecek ki, biri eksilirse diğerleri de gidecek. Hepsini bir arada tutabilmek istiyorsa, senin için şükredecek; bir erkeğin duasının içinde olabilmeli kadın. Öğrenecek ki seni aldatmak, Allah'ı aldatmaya çalışmak gibiymiş. İşte Ali Abi böyle bir insan ablacım...'

■

"Hoş geldin Ali."

"Hoş bulduk, günaydın, ne oldu neden ağlıyorsun?"

"Enes, doktordan sonra annemle babamın mezarlarına gitmek istiyor."

"Tamam canım ağlama. Özlemiş demek ki, gideriz hep beraber."

"Hastalığını hissetti galiba, Ali!"

"Zeynep yapma lütfen, hadi güzel bir enerjiyle başlayalım güne, değil mi Enes? Hazırsanız çıkalım mı?"

"Evet hazırız, Nilgün Teyze her şey tamam mı?"

"Tamam kızım, çıkabiliriz, hadi Enes'im."

'Ali Abi sana tamamen âşık olmuş ablacım. Sen de âşık olan değil, maşuk olansın. Kadına da bu yakışır zaten. Kadına aşk yakışmaz, kadın âşık olunandır. Âşık olan, âşık olunana elinde olmadan çekilir, iradesi azalır ve biter, gözü bir şey görmez hale gelir. Âşık olan her erkek gibi, Ali Abi de şu anda sahip olma arzusuyla yanıp tutuşuyor; önemli olan sahip olduktan sonra koruma ve devam ettirme arzusunun gelmesi. Bu

yüzden evlenip boşananlar âşık değiller birbirlerine. Toplumda evlilik aşkı öldürür inancı buradan geliyor. Gerçek aşkta evlilik yok olmaya sebep olmaz. İnsanlar farkında olmadan sahip olma arzusunu aşk zannederler; oysa asıl olan sahip olduklarını devam ettirebilenle olmaktır. Aşkın başında her cahil âşık olduğunu yüceltir, onu gerçek anlamda tanıyana kadar. Aşkın nesnesi sensin abla ve Ali Abi kendi tasarladığı şeye âşık, bu yüzden sakın seni tam elde edemesin. Unutma ablacım her zaman âşık olan etkin değildir; o edilgendir, yani sürekli etkilenendir. Etkin olamadığı için iradesi de olmaz, sadece âşık olunan etkindir. Yaptığı yapmadığı, söyleyip söylemediği her şey âşık olanı etkiler. Bu yüzden âşık olan her erkek kadını etkilemeye çalışır. Zanneder ki her zaman etkiliyor; aslında bir şeyler yapması demek, etkileniyor demektir. Aşkın içindeki arzu ve tutku da buradan gelir. Ali Abi'nin gözlerinde görüyorum sana ne kadar tutulduğunu; işte bu ablacım, elinde olmadan sana doğru çekiliyor. Bu ilişkide özel bir durum var, ben varım. Benim varlığım ortak noktanız ve Ali Abi sana yardım ederek hayatında daha çok yer etmeye başladı. Ey güzel ablam, ey maşuk, Ali Abi artık pervanen oldu, gitmeden sana an an yazacağım bu hayatta neler yapman gerektiğini, doğal olacağım derken kendinden olduğunu anlaman lazım artık. Yazacaklarımın hiçbiri taktik değil, hepsi farkındalık.'

■

"Tamam, hadi bakalım, hastanede işimiz bitti, şimdi ne yapmak istersiniz?"

"Ali, Enes'i daha fazla yormayalım bence. Hemen eve gitsek. Ne oldu Enes, neden bıraktın kolumu?"

"Bak bak, benim koluma girdi, sever o Nilgün Teyzesi'ni, benimle eve gitmek istiyor."

"Enes ben gelmeyeyim mi eve? He kardeşim?"

"İstemiyor Zeynep, Nilgün Abla'yla gitmek istiyor. Hadi biz de seninle bir kahve içelim."

"Neden Enes?"

"Aaa kızım, hadi git, biraz kafanı dağıt, biz bir taksiye atlar gideriz."

"Sana inanamıyorum Enes, ne muhteşem bir insansın sen, ben seni düşündükçe sen beni daha da şaşırtıyorsun, sen meleksin, melek. Tamam kardeşim, ben de Ali Abi'nle bir kahve içer öyle geliriz eve, ver bakalım ablaya bir öpücük."

"Ben de istiyorum kardeş."

"Aaa kıskandım vallahi Enes, öp bakalım beni de. Bak eve birlikte gidiyoruz ona göre, bir öpücüğe giderim. Hadi kızım, hadi Ali oğlum, evde görüşürüz."

■

"Enes be, nasıl ayarlıyorsun bunları vallahi aklım almıyor. Ben bile düşünemedim baş başa kalmalarını..."

'Bugün kimse fark etmedi, ama ablam evden çıkarken ilk defa farklı giyindi. Ben anlarım, o ne zaman iyi bir şeyler dilese kendinde değişiklikler yapar ve güne öyle başlar. Hastaneye giderken de aynı şeyi yaptı, uzun zamandır makyaj yapmıyordu, üstündeki kıyafetleri ilk defa görüyorum. Bu, baş başa kalmaları için büyük bir fırsattı, çünkü her şey görünüşe göre değerlendiriliyor. Ablacım kendini hiçbir zaman kalabalıklarda kaybetme; her zaman fark edilen olmalısın, bedeli ne olursa olsun dikkatleri üzerine almalısın. Eğer hatırda kalacak ve sürekli

hatırlanacak bir imajın olursa şöhretin artar. İstedikleri kadar eleştirsinler, bu durum fark edilmemekten kat kat iyidir. İnsanlar ne kadar garip karşılarsa karşılasın, bir süre sonra farklı gördükleri insana yakın olmak isterler. Görünmeyen ve fark edilmeyen her şey yok olmaya mahkûmdur. Ablacım bugün yeni imajınla bir daha fark edileceksin ve öyle hatırlanacaksın. Tarzın ne olursa olsun, asla ne düşündüğünü ve ne yapacağını insanlar bilmesin, yani kartlarını açık oynama. Sürekli tetikte ve beklentide olsunlar, bu beklenti seni onların zihninde hep parlak tutar. Ne kadar farklı olursan ol, hangi ortama girersen gir, onlar gibi ol, onlar gibi konuş ve uzaklaş. Sonra arkanda kalanları izle, seni nasıl takip ediyorlar gör.'

■

"Ah Zeynep, kaç parçaya bölündün kızım. İş, ev, Enes, ben, her şey senin omzunda. Allah yardımcın olsun. Bu yaşta nelerle baş etmeye çalışıyorsun be kızım! Kim bilir ne hayallerin vardı, kim ister böyle bir hayatı, bazen nasıl bu kadar güçlü diye hayranlık duyuyorum. Enes hadi üstünü değiştirelim, sonra da yemek hazırlayayım."

'Hayat çok fazla bölünüyor artık, dikkat vermemiz gereken çok fazla uyaran var. Bir insanla ilişki yaşarken bile sadece güvenmek yeterli olmuyor, dış görünüşünden içdünyasına kadar çok fazla dikkat ve önlem gerektiren şeyle baş başayız. İş, sanat, siyaset, aile, sosyal yaşam her yerde ciddi ciddi parçalanmalar oluşmuş durumda. Herhangi bir konuya odaklanmak gerektiğinde, insanlar ciddi zorlanmalar yaşıyor. Bazı insanlar bu durumla baş edemiyor ve parçalanmış insan kalabalığının içine atıyor kendisini. Eğlence adı altında toplanmalar, eylemlerdeki

farklı amaç ve niyetler, protestoların bir süre sonra dans edilen ortamlara dönüşmesi, iş dünyasındaki toplantıların etkisizleşmesi, aile içi sohbetlerin yüzeyselleşmesi, TV programlarındaki tuhaf ve ilkel tavırlar ciddi bir problem olmaya başladı. Dikkatini hedefine, kendisine odaklayamayan insanlar, daha fazla arkadaş edinip yaşadıkları baskıyı yok sayma derdine düştüler. İnsanlar zayıflıyor ve tembelleşiyor, güçlü birilerini bulup onlara yapışma dertleri var. İnsandan insana, arkadaştan arkadaşa, sevgiliden sevgiliye, işten işe, sokaktan sokağa koşturan insanlar çoğaldı. Bu tip yaşamları yaşayanlar artık hedeflerine odaklanamıyor ve başladıkları işler yarım kaldığı için de ciddi bir başarısızlık duygusuyla baş başa kalıyorlar. Bütün dikkatini alacağı övgüye, âşık olduğu kişiye, oturduğu koltuğa bağlayan insanların sonu yıkımdır. Önce kendi içine yoğunlaşabilmeli insan. Bir hedef belirleyebilmeli, ona adanmalı; dikkat arttıkça motivasyon da artacak ve zamanla karşısına hedefine götüren kişi ve olaylar çıkacaktır. Dağılan insanların önüne bir sürü fırsat çıksa da göremez, bir önceki deneyimlerini zihninde bitirdiği için tehdit gibi görür. Aşırı uyaran zihni darmadağın eder. Bu dağılma da onun her şeyden bal almaya çalışan, geçici zevk sahibi bir canlı gibi olmasına neden olur. O şeyin balını alsa da bal üretmeyi öğrenemez. Sürekli kısa zevklerle ağzı tatlanan kişi, bir süre sonra hiçbir şeyden tat almamaya başlar. Bu süreçten sonra duyu körlüğü başlar. Zihinsel üretim biter, tüketim başlar. Kendi zihin deposunda biriktirdiği motivasyon, pozitif düşünce kaynaklarını da tüketir ve artık ağır bir zihin problemiyle baş başa kalır. İnsan içindeki yoğunlaşmaya odaklanmalı, hedefi doğrultusunda dikkatini artırmalı, tabii ki dış dünyada dikkatini vermesi gereken bir sürü şey olacak; ama onlara dikkatini bilinçli vermeli. Patronu, ailesi, sevgilisi, eşi, peşinden gittiği siyasetçi, tuttuğu takım neyse, her yere dikkati-

ni tedbirle verebilmeli. Bir gün dikkat kesildiği kişi ya da şeyler giderse, ki gidecek, kendini bir hiç gibi hissetmemeli. İçinde her zaman olan yoğunlaşma olduğu sürece, düşse de hızla kendini toplar ve bir yerden devam eder insan. Ablamın yoğunlaşma gücü yüksek Nilgün Teyze; annem ve babam gittikten sonra gördüm. Ben de gidince yine aynı duruma düşecek ilk başta, ama zamanla içindeki bu büyük beceri onu hedeflerine götürecek. Herkes düşer, ama bazıları öylece kalır yerde; bazıları çok geç kalkar, bazıları da gerektiğinde kalkar ve devam eder. Ama herkes düşer.'

24

"Şurada bir şeyler yiyelim mi Zeynep?"

"Çok aç değilim Ali."

"Olsun bir şeyler içer, sohbet ederiz."

"Tamam, iyi olur."

"Hadi gel canım."

■

"Ali, ne çabuk girdin hayatıma. Ara ara aklıma geliyor, ben bu kadar kapalıyken, nasıl bir anda canım der hale gelebildik birbirimize."

"Rahatsız mı ediyor bu durum seni?"

"Hayır, sadece şaşırıyorum bazen, tersine çok güvende hissediyorum kendimi, ama..."

"Ama?"

"Kimi çok sevdiysem gitti hayatımdan."

"Ne olur korkularını bana olan duygularının yanına koyma. Evet haklısın; annen, baban ve şimdi Enes'in durumu. Korkunu anlıyorum, ama ölüm elimizde değil. Yaşadıkça yanında olacağım. Enes'e gelince iyileşecek, göreceksin, göreceğiz."

"Allah seni bana güçlü olmam için gönderdi, kesin. Artık tesadüflere inanmıyorum. Enes aracı oldu seni tanımama, sanki kendi giderken, bana seni bırakacak gibi geliyor. Sana olan duygularımın samimiyetini sorguluyorum içimde. Gerçekten istiyor muyum yoksa bu zor zamanda bana iyi geldiğin için mi böyle hissediyorum? Karmakarışığım."

"Biraz sert oldu, ama sana söyleyecek bir şeyim yok bu konuda. Bazen empati kuramıyorum, haklısın; ama şimdi sen ben değil, hepimiz için ortak bir yol var, Enes..."

"Özel hayatımda erkeklere karşı hep bir duvarım oldu, bunu seninle daha iyi fark ediyorum; ama iyiliğin ve yanımda olman sertliğimi iyice yumuşattı. Kalbime ve aklıma iyi geliyorsun."

"Biraz sanatçı ruhum vardır, öyle derler. Kalplerden iyi anlarım."

"Biraz daha kendini anlatsana bana. Sürekli beni ve benim ailemi, benim dertlerimi konuştuk."

"Ailem birbirine çok bağlı değil, tek dertleri iş, para ve statü oldu hep. Birbirlerini harcayacak kadar zalimlik var bizim evde. Annem için soyadımız, babam için paramız önemli. Annemin adı Ayşe, ama kesinlikle Ayşe Hanım denmesini ister. Sadece kendi denginde insanlarla olmayı sever, sürekli gülsün, eğlensin ve soyadımız korunsun... Başka bir derdi yok. Ha bir de kumar bağımlısıdır. Birkaç sene önce babamı aldattığı ortaya çıktı, hem de babamın en yakın arkadaşı Cemil ile. Garip bir şekilde olayın üstü kapandı, tabii ki soyadımız önemli; babam için de boşanmayla oluşacak maddi sorunlar önemli. Olan Cemil'e oldu; hâlâ anneme âşık ve peşinde. Annemse burnundan kıl aldırmıyor, hem babama hem de Cemil'e dünyayı dar ediyor. Kesinlikle erkeklere düşman. Kendi de erkek gibidir zaten. Ben tek çocuğum, ama hep proje çocuk oldum. En iyi okullar, en iyi öğretmenler, en zengin arkadaşlar, aile şirketi, soyadımıza uygun aileler, onların belirlediği çevre, uygun gördükleri meslek vb. Hiç kendim olamadım, sadece gizli gizli müzik yaptığım zamanlarda kendimdim. Kararlarıma saygı duymadılar, ama etrafa karşı inanılmaz iyi bir aile tablosu çizme konusunda tüm aile başarılıydı. Aslına bakarsan iyi bir oyuncuyduk hep. Davetlerde bir arada oturan, iş toplantılarında zorunlu ortak dil belirleyen, aynı beden dili ve imaj bunların hepsi başkalarının yanında, başkaları için dizayn edilen sahnelerdi. Yalnız kaldığımızdaysa ayrı odalarda, başka sevdalarda bir görüntüydük sadece.."

"Çok zor bir durum."

"Evet, ama buna rağmen hep mutlu olabilen bir çocuktum, umudum hiç bitmedi. Keşfetmek, yeni insanlar tanımak önceliğimdi. Annemle babam ne istemiyorlarsa hepsini yaşadım."

"Nasıl yani?"

"Zengin olmayanlarla görüşme derlerdi; hep tersine insanlar dostum oldu. Onlara göre ucuz yerlerde gezme derlerdi, salaş mekânlar hâlâ favorim. Müzik onlar için gereksiz bir ritüeldi, ama müzik yaşam tarzım oldu. İstemedikleri kitaplar, filmler, oyunlar, ne varsa hepsi bana zevk verdi."

"Anlıyorum."

"Senin karşında da seansa girmiş gibi hissetmeye başladım."

"Of, bütün arkadaşlarım aynı şeyi söylüyor, senle konuşmak zor diyorlar, hep analiz yaptığımı düşünüyorlar."

"Ama ben arkadaşın değilim."

"Orası öyle."

"Ben senin için neyim şu an?"

"Bunu gerçekten duymak istiyor musun?"

"Evet, hem de çok."

"Ben süslü cümleler kuramıyorum, ama bir gerçek var şu an ve birkaç gündür uyandığımda ilk düşündüğüm üç şeyden birisin."

"Diğer ikisi?"

"Enes ve Enes."

"Canımsın."

"Ben senin için ne ifade ediyorum peki?"

"Sabah uyanmalarımızda aynıyız; bana bir de akşam yatarken son düşündüklerim arasındasını da eklersen olur. Ben de sabah akşam seninleyim."

"İnanılır gibi değil Ali, demek böyle oluyormuş; bir anda, bir sebeple."

"Benim için de öyle, ama ben inanıyordum seni bulacağıma. Ben bu hali seviyorum, sevdiğime doğru çekilmeyi seviyorum. Benim gibi kurallarla büyümüş insanlar bilinçsiz ve kuralsız çekilmeyi severler. Merkezi sen olan bu aşka çekilmeyi, irademin yok olmasını, sorgulamalarımın çalışmamasını, dünü ve yarını düşünmemeyi, sadece sana doğru çekilmeyi seviyorum."

"Bu aşk."

"Ben âşık, sen de maşuk."

"Hangisi daha çok seviyor?"

"Belli değil mi?"

"Bilim dünyası bulamadı."

"Yaşayan konuşsun o zaman."

"Âşık sensen, sen başla."

"Âşık bilinçsizdir, kendini bırakır, bedel öder, dağılır. Aramalıyım ya da aramamalıyım diye düşüncelerim yok oldu, kendimi ararken buluyorum."

"Maşuk, aşkın kendisine âşık, yörüngesinde olan âşık ile bulduğuna inanıyor, âşığın bedeli ya da yollarına bakmıyor, aşkın nasıl bir bedel ödettiğine bakıyor ve bu onu şahlandırıyor."

"Maşuk âşığı sevmiyor mu?"

"Maşuk, aşkı seviyorsa, aşkı yaşatan âşığı da seviyordur."

"Âşık?"

"Âşık, maşukun peşinde, kendisine bu hissi yaşatan maşukun cazibesine kapılıyor."

"Psikoloji kitaplarından mı bu sözler?"

"Oralarda yazmaz böyle şeyler."

"Aşkı gerçekten yaşamamış bir uzman, bunların hakkında konuşmasın zaten. Hatta insan âşıkken çıraktır, usta olamaz ki insan aşkta. Usta olmadığı bir şeyde nasıl ahkâm kesebilir insan?"

"Nasıl yani?"

"Bilinç ve irade yoksa, uzmanlık da yoktur. Bence o hal tamamen teslimiyet ve çıraklıktır. Anlatılamadığı için hâlâ aşk denilen kavram, ne söylerse söylesinler tam olarak söylenemiyor."

"Bu kadar insan bana ya da benim gibi uzmanlara neden gidiyor sence?"

"Onlar aşkı yaşarken gitmez uzmana, kimse sana âşığı ya da maşuku nasıl daha iyi sevebilirim diye gelmez. Onlar aşkı tükettikleri an, aşka açlıktan gelirler, tüm söylemlerinde tekrar âşık olmak istiyorum çığlıkları vardır. Ya âşık ya da maşuk birbirinden şikâyet etmek için gelir. O andaysa ne âşık ne de maşuk kalmıştır."

"Sevgi aşaması deriz buna biz."

"O bambaşka bir aşamadır. Sevgide irade vardır, bilerek sever insan, tanımıştır artık karşısındakini."

"Âşıkken tanımaz mı sence insan?"

"İnsan tanımadığına âşık olur, ama tanıdığını sever."

"Haklısın, bu kadar aşk evliliği bu yüzden bitiyor belki de."

"Kesinlikle."

"Sonuçta herkes âşık olur, ama herkes sevemez ve sevgiye yatırım yapmak boşa kürek çekmek gibi gelir insanlara. Aşk ve âşık eğitilemez, ama sevgi ve sevgiliye bilgi verilebilir. Türkiye'de sevgi eğitimi, sevgi dili gelişmemiş, körü körüne aşk, körü körüne âşıklar dolu her yerde."

"Çok hoşuma gitti bu sohbet."

"Seninle derinleşebilmek ne güzel."

25

'İnsan âşık olunca, âşığın da maşukun da gözlerine perde iniyor. Dünyada birçok sektör aşkın bu gücünü kullanma arzusuyla yanıyor. Bu cazip kısım tekstilden siyasete, inşaattan televizyona, sosyal medyadan tüm markalara kadar her yerde kendini göstermekte. Asıl olan aşkın gücü olsa bile, gücü tasarladıkları ürünlere ya da kişilere yerleştiren sistem, alıcıya güç adı altında gizli gizli ürün pazarlamakla uğraşıyor. İşyerlerinde verilen liderlik, karizma, güç eğitimi gibi süreçler artık aşkın psikolojisinden yararlanmakta geç kalmıyor. Her yerde aşkı çağrıştıran ipuçları ve mesajlar var. Buna açık olan, merakı olan herkes bu konuda kendisini ya da sistemini cazibeli hale getirmiş durumda. Bana aşk denilen kavram geçici bir imaj durumu gibi geliyor bazen. Şimdi birçoğunuz soracak, Enes sen nereden biliyorsun bunları diye? Benim konuşmuyor olmam, iletişim kuramadığımı göstermez. Ben okuyabiliyorum, oysa herkes yıllarca önüme açtığım kitapları okumadığımı düşündü, onlara göre boş boş bakıyordum, ama ne açtıysam okudum. Evet, beynim biraz sizinkilerden farklı çalışıyor olabilir. Sizdeki birçok yeti bende yok belki, ama okuyabiliyor ve anlayabiliyorum. Sizinle konuşmadığım için yıllarca her şeyi kendime anlattım. Kendime ne anlattıysam hepsini eleştirel bir güçle kıyasladım. Okuduklarımı hayatta ve insanlarda aradım.

Bulduklarım, bulamadıklarım, hâlâ aradıklarım oldu, oluyor da. Aşk, âşık olanlara apaçık bir güç veriyor; yani âşık olanın başkalarına karşı verdiği bir enerji bu. Âşık bir insanı nasıl tanırsınız dersem neler düşünürsünüz? Evet, âşık olan kişinin bir güç rezonansı oluşur. Etrafa karşı bu güç o istemese de yayılır. Âşık kişi her şeyden bağımsız, aşkın dışında hiçbir şeyden beslenmiyormuş gibidir. Bu, büyük bir cazibedir. Ne para ne şan ne kariyer hiçbir şey âşığa fayda sağlamıyor, âşık da bunlara ihtiyaç duymuyor gibidir. İşte bu hal insanı çok etkiler; başkalarının deli gibi peşinden gittikleri şeylere ihtiyaç duymayan birinin gücünü düşünsenize. Aslında her insan bu hali bilinçli kendinde yaşatabilir. Mesela herhangi bir gruba ya da herhangi bir oluşuma bağlanmayı reddedin. Başkalarının belli grupların peşinde gittiği yerde, siz orayı terk edin. Birisine ya da birilerine bağlanmış insanlar gizli bir esaret yaşadıkları için, içten içe bu durumdan rahatsızdırlar. Ama dillerinde bağlandıkları şeyleri anlatmaktan da kendilerini alıkoyamazlar. İşte tam bu aşamada bağlanmayı reddedin. Bu şekilde davranırsanız karşınızdaki kişide gizli bir hayranlık uyandırırsınız. Bir süre sonra arkanızdan hiçbir şeye bağlı değil gibi dedikodular yayılır; bu da sizin başkalarındaki gücünüzü ve cazibenizi arttırır. Sizin bir gruba bağlı olmanız, başkalarının gözünde güçsüz olduğunuzu gösterir. Herkes gibi olmamak en iyisidir. Tabii ki bir süre sonra sizin bu özgürlükçü ve bağımsız tavrınız, bazı insanları taciz edecek ve onlar da sizi kendilerine bağlamak için uğraşacaklar. Etrafınıza bir baksanıza: Herkes sizi bir şekilde bir tarafa çekmenin derdinde. Bir tarafa çekilenin iradesi ve kendilik algısı biter. Artık adandığı şey tarafından yönetilmeye başlar. Bazen aldığınız hediyeler ve size yapılan iyiliklerin ardında, onlara bağlanmanız isteniyordur. Özgüvensiz âşıkların taktiğidir bu: Hediyelerle kendine bağlamak. Günün sonu hep hüsrandır.

Bir taraf vermekten sıkılır, diğer taraf hediyelere duyarsızlaşır. Aile, ilişki, sevgili, evlilik, iş hayatı, mahalle, TV programları, ünlüler, siyasetçiler hep bu yöntemi kullanırlar; rakipleriyle kavga çıkarıp taraftar yaratırlar. Birçok insan artık birine ya da bir oluşuma bağlanır, bağlananlar başkaları tarafından zayıf gözükür. Çünkü, aynı tarafta olanlar sadece birbirlerini över, yüceltir, birbirlerini gerçekten tanımadıkları halde birbirlerine güvendiklerini iddia ederler. Ortak paydaları hep başkalarına hizmet etmektir. Taraflar zamanla yorulur ve yeni oyuncaklara ihtiyaç duyulur. Bağımsız ve tarafsız duranlar tahrik edilmeye başlanır; buna karşı ise gerçekten güçlü insanlar bir şekilde destek verir, ama genel haliyle tarafsız kalır. Hayatta en büyük cazibe, tam olarak ne olduğunuzu ve ne istediğinizi herkesin bilmemesidir. Onlar sizi kendilerine, kendi inandıklarına inandırmaya çalıştıkça, gerçek yüzleri de ortaya çıkacaktır. Zamanla siz zaten gerçek yüzlerini gördükçe uzaklaşacaksınız. Keşke insanların çoğu peşinden gittikleri şeylerin, aslında kendilerindeki karşılığının farkında olsalar. Ben onsuz yapamam diyenlerin güçsüzlüğü kadar zayıf bir şey olamaz. Böyle insanlar eninde sonunda sizi yarı yolda bırakırlar, çünkü bağımlı oldukları şey eninde sonunda sizinle olan ilişkilerine de yansıyacaktır. Ve onlar tercih hakkı oluştuğunda sizi bırakıp gidecektir.'

26

"Hoş geldin kızım."

"Hoş bulduk Nilgün Teyze."

"Ali nerde?"

"Evine gitti, sonra da bara gidecekmiş. Bırakalım biraz çalışsın, günlerdir bizimle; işini gücünü bıraktı."

"Allah razı olsun ondan, iyi yapmış, sen nasılsın?"

"Nasıl olayım, samimiyetsiz bir iyiyim demek kaldı."

"Aman kızım güçlü olmalıyız, Allah'tan ümit kesilmez."

"Enes ne yapıyor?"

"Geldik, önce odasına gitti, duvarına bir şeyler yaptı, beni de istemedi yanına. Sonra uğradım, baktım uyumuş."

"Hastalığı ilerliyor galiba, bu uyumaları normal değil."

"Öyle deme dayanamıyorum, ne yapacağız Zeynep?"

"Birkaç güne test sonucu çıkacak, ona göre bir tedavi programı çıkaracaklar."

"İyi olacak iyi."

"Ben bir Enes'e bakayım!"

"Tamam kızım."

■

"Enes'im biliyorum benim konuştuklarımı anlıyorsun, çok göz kontağı kuramadığımız için bazen yetemediğimi düşünüyorum sana. Sana her şekilde gelmek istiyorum, kulağına, zihnine, bedenine. Sana kendimi, sana seninle olanlarımı duyurmak istiyorum. Sana bakakaldım günlerdir, ama sanki azım, eksiğim gibi. Bu yüzden sana bir mektup yazıyorum, başucuna bırakacağım, ne olur, yalvarırım duvarında bir mektup yaz bana, bir karşılık ver, ileride cevapsız kalmak istemiyorum. Uyandığında ilk işin bu mektubu okumak olsun, en sevdiğin duvarın önüne bırakıyorum... İyi uykular."

Enes'ime ...

Annem sana hamileyken, sana ne isim koyacakları hakkında konuşuyorlardı. Ben de daha küçük olduğum için pek anlamıyordum... Senin ismini Enes koydular. Ergenliğime kadar adının anlamını bilmiyordum, anneme her sorduğumda çok önemli birinin ismini koydum derdi. Nasıl biri dediğimdeyse sağlıklı, uzun ömürlü, yakışıklı, saygılı, zeki, ezberi yüksek, ahlaklı, tertemiz birinin adı derdi. Zamanla adınla ilgili merakım artmıştı. Ama senin özel durumun kendini göstermeye başlamıştı; annemle babam sürekli senin iyi olman için doktor doktor geziyordu.

Bir gün anneme dedim ki: "Hani Enes ismi güçlü, sağlıklı, zekiydi, demek isimler bir işe yaramıyormuş." Şu an bu kötü soruyu nasıl sordum diye kendime zulmediyorum, ama rahmetli annem cevaben şöyle dedi: "Allah dostları, iyi insanlar pek konuşmazlar kızım. Zekâ ve güce gelince ileride anlayacaksın, oğlum tam da istediğim gibi bir evlat."

Ben yine anlamamıştım. Peki, kimin ismini koydun diye yine sordum.

"Enes bin Malik," dedi.

"O kim?" diye sordum.

"Onu da sen araştırıp bul," dedi.

"Sen nerden tanıyorsun?" dediğimde şöyle anlattı:

"Bir yakınımızın mevlidine gitmiştim, oraya gelen hoca konuşma yaparken Enes bin Malik'ten söz etti. Merakım öyle arttı ki, daha sonra araştırmaya başladım. Araştırdıkça bir hazine çıktı karşıma ve bu hazineden istiyorum diye dua ettim hep. Enes, benim hazinem kızım."

Annem rahmetli olduktan sonra ben de araştırdım Enes ve karşıma neler çıktı bak:

Resulullah efendimiz Medine'ye gidişinde Hazreti Enes dokuz on yaşlarındaymış. Hemen annesi Ümm-i Süleym oğlunu alıp, Resulullah'ın huzuruna getirmiş ve hizmetine kabul buyurmasını istemiş: "Ya Resulullah! Ensâr erkek ve kadınlarından sana hediye vermeyen kalmadı. Bu oğlumdan başka sana hediye edecek bir şeyim yok. Sana hizmet etsin," demiş.

Validesinin bu isteği kabul buyurulmuş. Bunun üzerine annesi: "Ya Resulullah! Şu hizmetçiniz Enes'e bir dua buyurunuz," deyince, Resulullah efendimiz de "Ya Rabbi! Enes'in malını ve evladını mübarek ve yümünlü eyle, ömrünü uzun eyle, günahlarını affeyle" şeklinde dua buyurmuşlar.

Annem uzun ömürlü duan hep başında olsun istemiş Enes.

Bir ara Hz. Muhammed, Enes'e "Ya zel-üzüneyn" diye latife buyurmuş. Bazı tarihçiler, Hazreti Enes'in bu lakabı almasının sebebi olarak, Resûl-i Ekrem Efendimizden duydukları mübarek sözleri iyi anlayıp ezberlemesini gösterirler.

Annem, ezberin kuvvetli, zeki ve akıllı olmanı istemiş Enes.

Hazreti Ebû Bekir devrinde, Bahreyn havalisinin zekâtını toplamakla görevlendirilmiş. Hazreti Ebû Bekir'in vefatında, Bahreyn'de bulunmuş. Daha sonra Medine'ye gelmiş ve Hazreti Ömer zamanında Medine'de kalmış. Hazreti Ömer, onu danışma kuruluna almış. Onun kıymetli tavsiyelerinden yararlanmış. O da Medine'de kaldığı müddetçe fıkıh dersi vermekle meşgul olmuş.

Annem, iyiliklere öncü ol, sözüne danışılsın istemiş Enes.

Enes bin Malik, Hazreti Ali'nin halifeliği zamanına yetiştiği gibi, Emevi halifelerinden bir kısmını da görmüş. Zulme ve haksızlığa daima karşı olmuş, bu konuda hiç çekinmemiş. Onun için Haccac'ın yaptığı zulümleri görünce, Halife Abdülmelik'e şikâyette bir an bile tereddüt etmemiş. Buna rağmen, Haccac ona darılmamış, onun rızasını kazanmak için elinden gelen gayreti sarf etmiş ve derslerine de devam etmiş.

Annem, haksızlığın, zulmün hep karşısında ol istemiş Enes.

Hazreti Enes, Peygamber Efendimizin uzun seneler hizmetinde bulunması sebebiyle Kur'an-ı Kerim'in tefsirini çok iyi öğrenmişti. Ayetlerin tefsirine dair bildirdiği rivayetler, tefsir kitaplarını süslemektedir. Hazreti Enes, sahâbe-i kiram arasında Peygamber Efendimizin hallerini, sözlerini, ahlakını, işlerini bildirme bakımından en önde gelenlerindendi. Dokuz yaşında hizmetine başladığı Resulullah'ın yanından vefatına kadar hiç ayrılmamış. Peygamber Efendimizden 2230 hadis-i şerif bildirmiş ve hadis rivayetinde çok titiz davranmış.

Annem; sev, sevil, değer gör, ilim irfan sahibi ol istemiş Enes.

Enes bin Malik'in bizzat Hz. Muhammed'den rivayet ettiği hadis-i şeriflerden bir kısmına baktım:

"Kolaylaştırınız (zorlaştırmayınız), güçleştirmeyiniz, müjdeleyiniz, nefret ettirmeyiniz."

"Herhangi biriniz kendi nefsi için istediğini, Müslüman kardeşi için de istemedikçe gerçek mümin olamaz."

"Birbirinize buğz etmeyiniz, haset etmeyiniz (kıskanmayınız), birbirinize sırt çevirmeyiniz. Ey Allah'ın kulları! Kardeş olunuz. Bir Müslüman için kardeşini üç günden fazla terk etmek (küsmek) helal olmaz."

"Sizden bir kimse başına gelen bir musibetten dolayı ölümü istemesin. Ölümü isteyecek kadar sıkıntılı bir durum içerisine düşmüş olanlar: Yâ Rabbi! Hayat hakkımda hayırlı olduğu müddetçe beni yaşat, yoksa ruhumu kabz eyle, desin."

Annem, iyi ve esnek olmanı, yardımsever ve samimi olmanı, kıskanç değil mütevazı olmanı, sabırlı ve pozitif olmanı istemiş Enes.

Sen benim için annemin dua ettiği her şeysin. Şu hayatta en temiz ve en samimi olansın. Sadece bil istedim kardeşim, canımsın, ne olur savaş, ne olur bırakma kendini. Daha çekecek çok fotoğraf var, görmediğimiz binlerce manzara bizi bekliyor, adını duymadığımız pastalar, kekler var Enes. Üzümlü kekini bırakma, haftada bir yemeden duramayız biliyorsun. Toprak üzümü verdiği sürece yanımızda olmalısın. Unu, kabartma tozunu, şekeri, üzümleri, yumurtaları sensiz bırakamazsın Enes.

Seni çok seviyorum.

Zeynep

27

“Nilgün Teyze ben çıkıyorum biraz.”

“Hayırdır kızım akşam akşam nereye?”

“Birazcık hava alıp geleceğim.”

“Dikkatli ol.”

“Alo, Ali.”

“Efendim canım.”

“Neredesin? Müsait misin?”

“Arkadaşlara uğradım, müsaidim.”

“Ali, nefes alamıyorum, senden başka arayacak kimsem yok. Ne olur buluşalım.”

“Neredesin sen?”

“Şimdi çıktım evden, nereye gideceğimi de bilmiyorum!”

“İstersen bir yere geç, ben hemen oraya gelip alayım seni.”

“Tamam, bizim evin oradaki parkta hava alacağım biraz.”

“Tamam canım, hemen geliyorum.”

■

“Efendim, Nilgün Teyze.”

“Zeynep, Zeynep! Enes fenalaştı, ateşi çok yüksek, vücudu da mosmor kesildi.”

"Ne, geliyorum hemen."

■

"Ne oldu Nilgün Teyze, Enes!"

"Kızım, yanına gittim inliyordu yavrum, ateşine baktım elim yandı, baksana vücuduna."

"Hemen ambulans çağır."

"Tamam."

"Enes'im, kardeşim, bak yanındayım, geldim, ateşin çıkmış sadece. Nilgün Teyze, doktor ateş için ilaç vermişti, nerede?"

"Dur getiriyorum."

"Gel atletini değiştirelim, ambulans geliyor, hastaneye gidiyoruz şimdi."

"Al kızım, baksana ya gözlerine günlerdir uyumamış gibi, ne hale gelmiş, aman yarabbi."

"Tamam, sakin ol Nilgün Teyze, ambulans çağırdın mı?"

"Evet, on beş dakikaya oluruz dediler."

"Telefonum çalıyor, bakar mısın?"

"Ali."

"Şimdi konuşamayacağım, söyler misin buraya gelsin."

"Tamam."

"Ambulans gelene kadar şu ateşini bir düşürsek."

"Soğuk suyla bez ıslatıyorum kızım, dur."

"Tamam acele et Nilgün Teyze. Enes'im daha iyisin değil mi? Sakin ol, korkma kardeşim, ağrıların var biliyorum hastaneye gittiğimizde ağrıların bitecek. Ne oldu canım, ne istiyorsun? Evet sana yazdığım mektup, okudun mu? Yapma böyle dayanamıyorum Enes, içim yanıyor, okudun demek."

"Getirdim kızım."

"Nilgün Teyze sen bezi koy alnına, benim duvara bakmam gerekiyor."

"Ne duvarı kızım?"

"Enes bakmamı istiyor, bir not bırakmış."

"Hadi oğlum, şunu koyduk mu hemen düşecek ateşin. Hah kapı çalıyor, Ali Abin de geldi. Zeynep ben kapıya bakıyorum!"

"Tamam. Enes burada üzümlü kek, Ali ve benim fotoğrafım var, sen?"

"Zeynep geldim canım, ne oldu?"

"Enes fenalaştı, ambulansı aradık, geliyor şimdi."

"İsterseniz ben götüreyim hastaneye."

"Yok şimdi gelir, ateşini düşürmeye çalışıyoruz."

"Enes çok halsiz gözüküyor."

"Evet eli kolu kalkmıyor Ali. Nerede kaldı bu ambulans!"

"Kızım daha beş dakika oldu."

"Zeynep üstündekileri çıkar istersen."

"Ben değiştirdim, ama şuradan iç çamaşırı verir misin, Nilgün Teyze."

"Ver bana abla, ben değiştiririm."

"Yok Ali sağ ol, ben hallederim."

"Bırak bana. Hadi siz gidin, kendi eşyalarınızı hazırlayın, şimdi gelir ambulans."

"Ne eşyası?"

"Telefon, çanta neyse işte... Zeynep?"

"Efendim."

"Gelir misin yanıma."

"Ne oldu Ali?"

"Bak gözlerime, iyice bak. Bak canım, güçlü olmak zorundasın, özellikle şu günlerde. Bırakmayacağız kendimizi, Enes'in bize en çok ihtiyacı olan zamanlardayız. Umudumuzu yitirmeyeceğiz. Ağlayacaksak sonra, bağıracaksak sonra, üzüleceksek sonra, her şey sonra, ama şimdi el ele verip bir aile olacağız. Ne olursa olsun gücümüzü bırakmayacağız, tamam mı?"

"Tamam, tamam, tamam Ali."

"Zeynep ambulans geldi, hadi."

"Tamam Ali, ben Enes ile ambulansa bineyim, sen Nilgün Teyze ile arkamızdan gel olur mu?"

"Tamam canım. Hadi Enes, kalk bakalım koca adam."

'Mektubunu okudum ablacım. Konuşmakta senin kadar başarılı değilim, ama yazışmanın gücünün farkında olman beni çok mutlu ediyor. Yazışmak insanların öğrenmesi gereken en önemli iletişim araçlarından olsa gerek, çünkü konuşurken hep ikna etme çabası, ama yazarken iç dökmek, eleştiri yapmak ön planda oluyor. Ne güzel anlatmışsın adımın nerden geldiğini, rahmetli annemin tüm duaları avuçlarıma geldi sanki. Çok teşekkür ederim ablacım. Canım bu kadar yanarken, canım hakkında bu kadar kolay konuşabiliyorsam sadece şükrediyorum. Ne olur abla, insanlara insanlığın şanının sadece iletişim olduğunu anlat ömrün boyunca. Konuşabilmekten ziyade, dinleyebilmeyi anlat onlara. Sırrın konuşabilmekte olduğunu sanıyor herkes. Ben konuşamadığım için eksik sanırdım hep kendimi; ama iletişimin en önemli kısmı dinleyebilmekmiş. Sessiz kalmayı güçsüzlük sanmış herkes, halbuki erdemmiş. Dinlerken, içinden iyi hissettirecek, çözüme gidecek ne çok kelime buluyormuş insan. Fakat çok konuşan karşı tarafı dinlemiyor ve gelen cümlelerden çözümsüzlüğe giden, çok konuşmasını haklı çıkaran tarafları alıyormuş. Aslında sorun sessizlikte dinleyememekmiş. Anlamıyor kimse kimseyi, her hareket ve sözün kendi zihinlerindeki karşılığına tepki veriyor herkes. Bir cümlenin sende, bende, doktorda, avukatta, çocukta, yaşlıda, dulda,

bekârda, evlide, katilde, yalancıda, hırsızda, Diyarbakırlıda, İzmirlide karşılığı çok başka abla.

Peki mesajlar mı yanlış, dinlemeyenler mi? Sürekli haklı ve mutlu olmak istiyorlar; bu çok zor, kimse hep haklı ve mutlu olamaz. İnsanlar geçmişe hapsolmuş durumda yaşamayı bırakmalı, belki de benim hep gülmemin sebebi bu ablacım. Benim beynimde geçmiş hapishanesi olmadı hiçbir zaman. O yüzden her sabah gülerek uyandım. Ama çoğunda durum böyle değil, her gün başlarına gelen en sıkıcı şeylere odaklanıyorlar. Dikkat neredeyse enerji oraya akar. Bak benim bir tekniğim var ablacım, tüm danışanlarına anlat istersen: Her gün kendilerini mutlu eden iki şeyi düşünüp yazsınlar. Ben yazmıyorum, sadece resimlerini çekip asıyorum. Her gün bunu yaparlarsa haftada on dört madde olur. Haftada bir geri dönüp yazdıklarını okusunlar. Okudukça anlayacaklar, aslında her gün çok güzel şeyler de oluyor. Kötü kadar iyi de var, güzel kadar çirkin de var. Ama dikkatleri neredeyse hayatları o olmaya başlıyor. Söyle onlara: Dikkatlerini konuşmaya değil dinlemeye, bir de duyduklarının içindeki güzel kelimelere versinler. Kalabalık cümlelerin içinde muhakkak iyi gelecek kelimeler vardır. Heba etmesinler.

Söyle onlara, mektup yazsınlar ablacım. Ellerini, kalemlerini kullansınlar. Kâğıdı kalemi kullansınlar. Hayatlarına dokunmuş, teşekkür edecekleri, iyi ki varsın diyecekleri insanı düşünsünler, onlara bir teşekkür mektubu yazsınlar.

Söyle onlara abla: Mutlu olabilmek için para harcamalarına, mağazalara gitmelerine gerek yok. Başları sıkıntıya düştüğünde neyle avunduklarına baksınlar. Genelde aldatıldıklarında, işleri kötü gittiğinde kendilerini cezalandırıyorlar. Üzüntü ölümü çağrıştırıyor, artık her şey bitti diyorlar. Peki neden şunu sormuyorlar: Ölüm bu kadar yakın ve her şey bitmek üzereyse, ölmeden önce neler yapmak isterlerdi? Söyle onları yazsınlar, yapmaya çalışsınlar.

Ben ölüme çok yaklaşıyorum ablacım, ama elim kolum kırılmadan tekrar üzümlü kek yapmak istiyorum. Ben sana mektup yazamadım, ama duvarıma resim bıraktım senin için. Şu an bedenim yanıyor, damarlarımdaki kan iyice yabancılaştı bana; senden ricam ruhuma iğne gibi batan bedenimdeki bu acıyı az da olsa dindirsinler. Acı değil beni üzen, acıdan dolayı zihnimi toparlayamamam.'

■

"Doktor bey, Enes'i acil getirmek zorunda kaldık, ateşi yükseldi."

"Tamam hemen müşahede altına alalım, test sonuçları çıkmadı, ama hastalık seyrini devam ettiriyor, önce ateşini düşürelim, birkaç soru sormak için ara ara sizi çağıracağız, şimdi izninizle..."

"Tamam ben kapının önündeyim."

"Kızım, ne dedi doktor?"

"Bakacaklar, büyük ihtimalle test sonuçlarına kadar burada kalacak. Ali nerede?"

"Arabayı park edip geliyorum dedi."

"Geldim Zeynep. Enes nerde?"

"Doktorla konuştum, şimdi içeri aldılar, bekliyoruz."

"Gel canım gel, Nilgün Abla, hadi oturalım şuraya."

■

"Zeynep Hanım."

"Evet, doktor bey."

"Buyrun hep beraber odama geçelim, hepiniz gelin konuşalım."

"Enes nasıl? Yalnız kalmasın."

"Arkadaşlar yanında. Uyuyor şu an, dinleniyor... Çay, kahve ne alırsınız?"

"Teşekkürler doktor bey."

"Testin sonucu daha gelmedi biliyorsunuz, ama gördüğüm kadarıyla durum ciddileşmiş."

"Nasıl yani doktor bey, ne diyorsunuz siz?"

"Bir süre burada kalması gerekiyor, daha ayrıntılı inceleme yapacağız. Yarın öğlene doğru ancak net konuşabileceğim sizinle."

"Durum ciddi dediniz."

"Evet, kritik gözüküyor. Yarın öğlen sonuçlara göre hızlıca ilaç ve gerekirse kemoterapiye başlamak lazım."

"Yok yok olmaz, nasıl dayanır o beden o kadar ilaca, kemoterapiye?"

"Zeynep, sakin ol lütfen. Nilgün Abla, sen de ağlama; güçlü olmamız lazım. Doktor bey Enes'i görebilir miyiz?"

"Tabii ki, ama şu an uyuyor; siz ara ara yanına uğrayın, moral verin. Bir de neleri sever, kendini oyaladığı eşyaları varsa getirin, özel durumundan dolayı onunla iletişim kuramıyoruz..."

"Ben sürekli burada olacağım."

"Tamam, Zeynep Hanım iyi olur."

"Hadi Zeynep, biz Enes'in yanına gidelim. Hadi Nilgün Abla."

■

"Nasıl da melek gibi uyuyor, kardeşim!"

"Hiç rahatsız etmeyelim bence, Zeynep. Yorgundu zaten, ilaç da vermişler, dinlensin biraz."

"Nilgün Teyze, sen burada kalır mısın Enes'le? Ben eve gidip Enes için bir valiz hazırlayayım, bir de sevdiği eşyaları getireyim."

"Olur kızım burdayım tabii, ha kartlarını da unutma."

"Özellikle onları getireceğim. Ali biz hızlıca gidip gelelim mi?"

"Tamam hayatım, hemen."

■

"Şu an ev bana o kadar huzursuz geliyor ki, girmek bile istemiyorum."

"Hemen eşyaları toplayıp çıkalım, ben de yardım ederim, hızlıca bitiririz."

"Odasına geçelim, tüm eşyaları orada; iç çamaşırı ve birkaç kıyafet yeterli."

"Kart demişti Nilgün Abla."

"Evet, onlar duvarında, perdenin arkasında."

"Şu perde mi?"

"Hayır hayır, orayı açma sakın! Şu duvardaki perde."

"Neden, orada ne var?"

"Geçen seneden itibaren oraya bakmamızı yasakladı. Özel alan yaptı kendisine. Biz de saygı duyduk, bakmıyoruz."

"Hiç merak etmiyor musun?"

"Bazen kendisi odaya çağırıp açıyor perdeyi, sürekli değiştiriyor resimleri."

"Nasıl yani?"

"Enes'in özel yetenekleri var demiştim ya."

"Evet."

"Hayal gücü, olacakları önceden hissetmesi hat safhalarda. Bu bizi yıllarca çok şaşırttı ve korkuttu."

"Bu gerçek mi Zeynep?"

"İnanması zor, ama öyle Ali. Bu yüzden çok bakmıyorum o duvara. Kendi istediği zaman, bir şeyler hissettiğinde, orayı görmeme izin veriyor, onun dışında bize yasak."

"Tamam o zaman, diğer duvardaki kartları alalım, hepsini mi?"

"Çok fazla var, ama en sevdiklerini alsak yeter şimdilik."

"Hangileri?"

"Üzümlü kek kartı, telefon, park, market, AVM, sevgi, işyeri, benim ve annemle babamın kartları, fotoğraf makinesi, pasta kartlarını alsak yeter."

"Şu koskoca dünyada ne kadar küçük şeylerle mutlu oluyor, helal olsun ona."

"Hadi çıkalım hemen."

"Zeynep!"

"Efendim."

"Gel bir sarılayım sana, hadi gel. Ben hep yanında olacağım tamam mı?"

"Alim."

"Alim?"

"Evet Alim, seni seviyorum."

"Ben de seni seviyorum, hem de çok."

"Ali telefonun çalıyor."

"Evet, hayret."

"Kim?"

"Annem."

"Baksana."

"Gerek yok, sonra konuşurum. Her şeyi aldık mı? Hadi çıkalım."

28

"Zeynep bir şey soracağım. Enes bu kadar fotoğrafı nasıl çekti? O kadar fotoğrafı nasıl saklıyor ve buluyor?"

"Fotoğraf çeken telefonlar çıkana kadar evde sürekli fotoğraf albümünü incelerdi, hem de saatlerce. Nerede bir resim görse kendinden geçerdi. Eski bir fotoğraf makinesi vardı babamın; onu kullanmayı öğrendikten sonra sürekli kendisi çekmeye başladı. Ben de yıllarca çektiği fotoğrafları tap ettirdim. Eve getirdiğimde hayretle bakar, saklardı. O zamanlar eve özel bir hoca geliyordu Enes'le ilgilenen. Bu yöntemi o gösterdi bize. Konuşamadığı için fotoğraflar ve resimlerle iletişim kuruyor dedi. Gerçekten de öyle oldu. Odasının duvarını ona özel tasarladık. Dışarı çıkmak isterse sokağın fotoğrafını, karnı acıkınca yemek resmini gösteriyordu; kulak ağrısından cinsel ihtiyaçlarına kadar her şeyi kart haline dönüştürdüğümüz fotoğraflarla anlatmaya başladı. Bu bizim de hayatımızı kolaylaştırdı. Akıllı telefonlar çıkınca da artık irade kendi eline geçti. Yüzlerce resim çekiyor ve içlerinden seçtiklerini işaretliyor, ben de bastırıyorum."

"Yıllardır çektikleri nerede peki? Eminim binleri bulmuştur."

"Daha da fazla. Dört kere fotoğraf sergisi yaptık, gelen gelirleri Enes gibi otizmli çocuklara bağışladık. Ona gösterip eskiyen resimleri atıyoruz; o konuda hiç sıkıntı yaşamadık. En temel ihtiyaçlarının olduğu kartlar belli zaten."

"Konuşamamak sinir yapmıyor mu Enes'te?"

"Fotoğraflarla iletişim yolunu bulana kadar öfke patlamaları çok oluyordu. Kendini, bizi, eşyaları ısırırdı sinirden. Durup durup ağlardı, bağırırdı. Ama sonra sakinleşmeye başladı, kendi dünyasından bizim dünyamıza bir kanal buldu: Fotoğraf..."

"Peki, üzümlü kek?"

"O çok özel bir durum, Enes'in yaşam kaynağı üzümlü kek. Başkaları için çok basit ve anlamsız gelebilir, ama üzümlü kek Enes için sakinleşmek, huzur ve mutluluğun kendisi. Çocukluğundan beri pasta ve kek yapma merakı vardı."

"Nasıl bir merak bu?"

"Otizmli çocukların çoğunda üstün yetenekler vardır; bunu hiçbir bilim dünyası çözemedi. Mesela sana desem ki, öyle çocuklar var ki senin sesini bir kere dinlesin, aynısını çıkarabiliyor; başkası dinlese sen zanneder. Ya da bir manzara gösteriyorsun, en ince ayrıntısına kadar hiç durmadan çizebilen ya da geçmiş yılların tarihlerini veriyorsun, o tarihin hangi güne denk geldiğini düşünmeden söyleyen, üç binin üzerinde şarkıyı tüm notalarıyla ezbere bilen daha niceleri; yani hem otizmli hem de dâhi olan binlerce insan var.

Örneğin Nobel ödüllü bir otistik, hayatı müzik olmuş Japon besteci Hikari Oe; otistik ama mimar Stephen Wiltshire, İngiltere'deki birçok güzel bina onun çizimi sayesinde var. Her yüzyılda adından bahsettiren ünlü besteci Ludwig van Beethoven, ünlü ressam Vasiliy Kandinskiy, dünyaya birçok eser bırakmış yazar Franz Kafka, günümüzde kullandığımız birçok elektrikli eşyanın icadına sebep olan elektrikli motorların mucidi Nikola Tesla da otistikti."

"İnanamıyorum hepsi mi?"

"Evet ve daha bilinen, bilinmeyen niceleri!"

"Enes de onlar gibi yani."

"Evet Enes ve onlar otizmli, ama her birinin dâhi olduğu alanlar farklı."

"Enes yemek yapmakta çok iyi."

"Bir pasta ya da keki bir kere tatması yeterli. Aynısını, hatta daha iyisini tam malzeme kullanarak ve göz kararıyla yapabiliyor. Bir de hisleri var."

"O nasıl bir yetenek?"

"Söyledim ya, olacakları bazen bilmesi."

"Aklım hâlâ üzümlü kekte, onun hikâyesi ne?"

"Yani çocukluğundan beri merakı vardı. O zamanlar çok televizyon izliyor, annem de her şeyi izlemesin diye yabancı kanalları açıyordu. Yabancı kanallardaki yemek programlarına kafayı taktı Enes. Sürekli onları izlemeye başladı. Bir sene boyunca bir Amerikan gündüz kuşağı yapımında, ünlü bir pastacı eğlenceli sunumlarla pastalar yapıyordu. Enes orada izlediği ne kadar malzeme varsa, onları marketten bize aldırmaya başladı. Gezmeye çıktığımızda pastane ya da kafelerdeki pastaları, kekleri görünce dokunmak, tatmak istiyordu. O zamanlar en çok zorlandığımız şeydi bu. Söz geçiremiyorduk, ama zamanla bu durumları da aştık. Peki, yabancı kanalları nasıl anlıyordu diye soracaksın; ilginç bir şekilde İngilizce, Fransızca ve Almanca biliyor, hepsini bu kanalları izleye izleye öğrendi."

"Olağanüstü bir şey bu."

"Aslında annemle babam rahmetli olana kadar üzümlü kek, diğer pasta ve keklerle aynıydı Enes için. Hiçbirini bir diğerinden ayırmıyordu. Kazanın olduğu günün sabahı evden çıkarken, yine markete gitmek için ısrar etmeye başladı. Aslında bir akşam öncesinden gitmeyelim diye uyarmıştı beni; sana anlatmıştım."

"Evet."

"Çok ısrar edince, annem hadi önce markete gidelim dedi; ne istiyorsa alalım da rahat rahat yola çıkalım dedi. Markete girdik ve girdiğimiz gibi kek malzemelerine koştu. Bildiğin un falan işte. Annem de çok severdi Enes'in pastalarını, keklerini; onunla alışveriş yaparken annem kendinden geçerdi. Tam kasaya giderken annem Enes'e seslendi. Arka reyonda çuval içinde yeni gelmiş kuru üzüm görmüş, onun başındaydı. Enes'le yanına gittik. Annemin şu cümlesi hâlâ kulaklarımda: Canım oğlum, bize şöyle üzümlü bir kek yaparsın, değil mi akşam? Bak ne güzel kokuyor, oh mis gibi dedi ve sarılıp Enes'i abartılı derecede öpmeye başladı. Sanki az sonra öleceğini biliyormuş gibi, son defaymış gibi sarıldı. Tüm malzemeleri aldık, arabaya bindik. Annem Enes elinde oynamasın diye torbayı kendi kucağına alıp sıkı sıkı sarıldı. Daha sonra malum kaza işte. Hastanede açtım gözlerimi. Enes olay yerinde bile kendindeymiş. Enes'i bulduklarında ellerinde annemin torbası, ama paramparça olmuş, sadece üzüm paketi duruyormuş. Günlerce elinden bırakmadı. O günden beri haftada bir evde üzümlü kek yapıyor. Bu da Enes'in annemle babamı anma şekli; bu şekilde dua ediyor diye düşünüyorum."

"Canım benim ya!"

"İşte üzümlü kekin hikâyesi bu."

"Telefon çalıyor."

"Alo Nilgün Teyze ne oldu? Tamam az kaldı, yoldayız geliyoruz. Enes nasıl? Tamam, hadi görüşürüz."

"Ne olmuş?"

"Enes uyanmış."

"İyi miymiş?"

"Ateşi düşmüş."

"Oh, çok şükür."

29

"Geldik Nilgün Teyze. Enes tekrar mı uyudu, neden buradasın?"

"Yok kızım, doktor girdi ben çıktım, kontrole geldi."

"Tamam, merhaba doktor bey."

"Merhaba."

"Durumu nasıl."

"Ateşi düştü, daha iyi. Ben sizi baş başa bırakayım."

"Teşekkürler, kardeşim nasılsın? Bak neler getirdim sana, tüm sevdiğin kartlar, telefonun, her şeyin burada. Bir süre burada kalacağız. Biliyorum, sevmiyorsun başka yatakları ama olsun bak, ateşin düştü, eminim ağrıların da azalmıştır. Tamam, tamam veriyorum kartlarını. İstersen şu yanındaki sehpanın üstüne bırakayım hepsini, sen istediğin gibi düzenle. Ali Abin de burada, şimdi o kapının önünde Nilgün Teyze ile kaynatıyorlar. Ben de kardeşimle baş başa kalmak için geldim. Hadi şöyle bir güzel sarılıp öpüşelim, uzun zaman oldu sana sarılmayalı. Vallahi sen büyüdükçe sarılmayı bıraktın bana. Eskiden ne iyiydi, tuttuğum yerde boynuna sarılır öperdim. Koca adam oldun, ondan değil mi?"

"Ben geldim."

"Gel bakalım Ali Abisi, sana da şikâyet edeyim biraz Enes'i!"

"Ne oldu?"

"Şimdi fark ettim de bu koca adam bana uzun zamandır sarılmıyor; ben de tuttum yapıştım yanaklarına."

"Vay kıskanırım ama."

"Ali."

"Efendim canım."

"Duymasın diye sessiz konuşuyorum, sen de Enes'in yüzünde bir gariplik görüyor musun?"

"Nasıl yani?"

"Yüz ifadesi değişmiş gibi, çok mu sarı acaba?"

"Hayatım ateş sonrası yorgunluk hali, normal."

"Bir farklı geldi gözüme. Sanki bir anda on beş yirmi kilo vermiş gibi."

"Halsizlik yüze vurur canım. Biraz daha uyur, karnını doyurur, sonra eski haline döner; hem burada konuşmayalım bunu istersen."

"Evet haklısın! Eeee Enes Bey, ne yapmak istersiniz? İstersen doktordan izin alalım, biraz hastanenin bahçesini gezelim. Ayrıca bu hastanede oyun ve dinlenme odaları varmış çok güzel."

"Evet, ben de biraz bakındım; gerçekten güzel bir hastane. Sen de fark ettin mi Zeynep, tüm çalışanlar sakin ve tebessüm ediyor. Sessizlik ve huzur hâkim her yere; renkler, dekor, her şey çok keyifli. Dışardaki kalabalık ve aşırı üstümüze gelen kargaşanın ardından buraya girince bir anda dinginlik hâkim oluyor... Hastalar ve yakınları için güzel bir düşünce olmuş."

"İyileşmenin göz ardı edilmeyecek bir yüzdesini ruh hali kapsıyor. Hasta ve yakınları kendini güvende, sakin ve kaygısız hissedebilmeli. Hastalıkla ilk ilişki hastanedeki doktor ve çalışanlarla olur. Bu açıdan güzel olmuş dediğin gibi."

'Ne garip değil mi; şehir yaşamı insanlara o kadar çok tecavüz ediyor ki, girmeye korktuğumuz hastaneler bile bize

daha sakin ve güvenli geliyor. Artık en büyük belamız hız... Sürekli bir yere birilerinden önce gitmek, işimizi hızlı yapmak, yemeği çabuk yemek, annelik babalık görevlerini hızlıca yerine getirmek, ülkemiz için hızlıca kararlar almak, biri hakkında bir şey duyduğumuzda hızla eleştirivermek, ibadetleri hızlı yapmak, denize hızla girip çıkmak, güneşlenmek, arabayı hızlı kullanmak... Bu yüzden belki de herkes yürümüyor, koşuyor; herkes yavaş yavaş değil, tıka basa yiyor. Kimse yanında, sağında solunda olup bitenleri görmüyor, göremiyor. İzle geç, bak geç, dinle geç, konuş geç, yap geç kültürü her yere yayılmış durumda. Ama hastaneler hızın azaldığı en önemli yerlerden biri. Ne yaparsan yap, ne doktoru ne de hastalığı hızlandıramazsın, iyileşmeyi de hemen gerçekleştiremezsin; çünkü hiçbiri sizin elinizde değildir. O zaman hayatımızdaki bu hızın nedeni ölümü gölgelemek için değil mi? Her şeyin tadına bakma ihtiyacı, onu da bunu da tadıp yaşayamadan ölüp gideceğim inancı. Hızla giden insanlar nereden görsünler yanından geçen susamış kediyi, nasıl duysunlar yardım edin çığlıklarını, nereden bilsinler yan dairesinde yaşanan zulümleri? Hız bizi birbirimizden ayıran, birbirimizden haber almamızı engelleyen, birbirimizi okumamızı yok eden bir şey. Üstelik dünyamızda her yerde hızlanmayanın dışlandığı bir iş, sosyal ve aile hayatı hâkim. Senin gibi hızlı olmayanların tembel diye adlandırdığı bir dünya var. 200 km hızla giden bir arabada yolculuk ederken, yanından geçtiğin şeyleri ne kadar algılayabilir ya da anlayabilirsin? Bu yüzden yok ediliyor yeşil alanlar; işte bu yüzden çime basmak yasaktır inancı... İnsanoğlu kendini engelleyen ne varsa yok ediyor. Dar alanda daha hızlı hareket edelim diye, tüm yeşilliklerin yerine binalar, yollar yapılıyor. Oysa bizi yavaşlatan ve iyileştiren doğa değil miydi? Onun da intikamı hepimize bıraktığı depresyon olmalı. Hızlı yaşayan insan kendini engel-

leyen ne varsa istemiyor ya da yok ediyor. Bu sebepten artık kadınla erkek evlenmiyor ya da evlense bile çocuk yapmıyor. Yaşamlarını engelleyecek, kendilerini ve kariyerlerini yok edecek şeyleri hayatlarında istemiyorlar. Babaannelere ve dedelere ayrılan zamanlar iyice azaldı; çünkü onların varlığı ölümü ve yavaşlamayı çağrıştırıyor. El öperek akrabalık ilişkisi kuran ve öptüğü elin sahibini bile aylarca hatırlamayan bir topluluğuz artık. Kendimizden ve birbirimizden nereye kadar hızla kaçacağız? Hız popüler kültürün hediyesi oldu bize ve her şeyi parayla ilişkilendirdi. Bu yüzden arkadaş ve dostlarla bir aradayken bile çok oturamıyoruz. Yapılan sohbetin bizim için maddi ya da statü çıkarı yoksa, oradan hemen uzaklaşmak istiyoruz. İnternette geçirdiğimiz zamanlar uzadıkça kişisel egoların tatmin edilmesi devreye giriyor ve orada da ego beslenmeli diyoruz. Toplantılar, davetler, buluşmalar... hepsi de çıkar varsa sohbet var yaklaşımına dönüştü.

Ama hastaneler ve cenazeler yavaşlatıyor insanı, parayla değer bulmayan ne varsa, bilin ki insanın asıl ihtiyacı oradadır. Keşke hızımızı azaltabilsek, yola çıkmadan önce yolu bitirip bitiremeyeceğimize dair hesaplar yaparak yoldan olmasak. Yavaşlamanın getirdiği zenginliği bir hissedebilsek. Farkında mısınız, hızımız arttıkça birbirimizden öğrenmemiz gereken şeyleri de öğrenemiyoruz. Çocuklar anne babalarından değerleri öğrenemiyor ve bu öğrenilmemiş değerler yüzünden ileride ciddi boşluklar oluşuyor; ama boşluklar boş kalmayı sevmez, mutlaka dolmak ister. Peki, neyle dolduklarını biliyor musunuz? Öfke, hırs, ahlaksızlık, yalan, haz, alkol, uyuşturucu, internet ve daha sayamadıklarımla...

Zihin ve beden hızımızı azaltmalıyız. Para gelmeyecek ve çıkarımız olmayacak yardım, sohbet, kurs, hobi alanlarına önem vermeliyiz. Daha yaşarken bazı şeylerimizi öldürmeliyiz.

Seçenekleri artan insanın mutsuzluğu da artıyor, çünkü hangisini seçerse seçsin, aklı diğerlerinde kalıyor. Sonra hızla daha çok çalışıp, gidip diğerlerini de almak istiyor; çünkü alamadıkça kendini eksik hissediyor. Paranın bu kadar önem kazandığı bir çağda manevi huzurdan söz etmek samimiyetsizlik olur. Ne kadar çok insan sorunlarıyla baş edemez hale geldi. Antideprasan cumhuriyeti olduk. Herkesin çantasında reçeteli ya da reçetesiz haplar. Günlük sorunlar için bile ilaç alan insanlar var. Halbuki günlük sorunları çözmeye çaba sarf ettikçe iyileşeceğini unutuyor, orada da hızla iyileşme isteği olduğu için hap alıp geçiştiriveriyor.

Hız aslında çağımızın en büyük problemi. Anneler ve babalar bu hızın kurbanı oldular. Hızlı arabalar, uçaklar, gemiler, metrolar, taksiler, otobüsler yüzünden evleri ile işyerleri, akrabaları ile dostları çok uzaklarda. Ve çocuklar uzağa giden anne babalarıyla zaman geçiremiyor. Erkek çocuklarına bir bakın: Babasıyla savaşması, güreşmesi, boğuşması gerekirken, enerjileri hep içlerinde kalıyor. Erkek çocukları güveni, ahlakı, gücü babayla savaşarak öğrenir, ama şimdi öğrenemeden büyüyor, hatta eksik kalan yanlarını televizyon ve internetle dolduruyorlar. Artık onlar için ailenin değeri, ahlakı ve duyguları önemli değil. Medya ona güç ve ahlak adına ne verirse onu kabul etmeye, onun dışındaki her şeyi reddetmeye başlıyorlar. Zaten eve uzaktan ve yorgun gelen ebeveyn evde çocukla kaliteli sohbet etmiyor, iki saat TV karşısında durup uykuya gidiyor. Artık nesil kendisine haz veren neyse ona tapınmaya başlıyor. Bu da onlara ilişkiler, aşk, okul ve iş hayatında acelecilik getiriyor. Boşanmalar artıyor, sık sık iş değiştiriliyor. Arkadaşlar hayatlarına girip çıkıyor ve sonunda slogan sözlerle hayat yorumlamaya başlıyorlar. Hız mahvetti bizi ve hızın olmadığı alanlar iyileştirecek bizi. Paranın satın alamadığı alanlar. Hastaneler, hasta ziyaretleri, cenazeler, aile büyükleri, televizyonsuz odalar, internetsiz masalar, yürünen yollar, çiçek ekilen topraklar, sohbet edilen banklar, kulaç atılan dalgalar, dua edilen ibadethaneler, okunan kitaplar, araştırılan kavramlar, su verilen kediler, başı okşanan yetimler... Bizi hızın olmadığı alanlar iyileştirecek.'

■

"Doktor izin verdi, az da olsa bahçede biraz hava alabiliriz. Hava karanlık, ama Enes sen de fotoğraf çekmek istersen çekebiliriz."

"Kızım, hatta birlikte çekelim, hepimizin olduğu bir fotoğrafımız olsun, değil mi Enes'im?"

"Hadi o zaman, ben de çay kahve içecek bir şeyler alayım."

"Oh iyi olur vallahi Ali oğlum."

"Yalnız Zeynep'çim, benim bir ara arkadaşlara uğramam lazım. Bu akşam son provalar yapılacak, kesin gitmeliyim, bensiz burada idare edebilirsin değil mi? Zaten bir şey olursa hemen gelirim!"

"Canım sen git, işinden gücünden oldun günlerdir zaten, kusura bakma."

"Böyle konuşma ne olur. Şu an buradaki herkes işimden daha önemli."

"Seni seviyorum!"

"Ben de bir tanem."

"Enes yavrum, al bakalım telefonunu! Zeynep, kızım karnın aç mı?"

"Yok Nilgün Teyze, sağ ol."

"Sen işi gücü ne yaptın? Gidemiyorsun kaç gündür."

"Seansları erteledik; acil olanları da arkadaşıma yönlendirdim. Bir sorun yok şu an."

"Aman kızım ne bileyim, endişe ediyorum işte. Sen de bir deri bir kemik kaldın iki günde ya."

"Ben iyiyim, ne olur bir de beni düşünmeyin."

"Doktor bey geliyor."

"Zeynep Hanım merhaba."

"Buyurun doktor bey."

"Siz psikologsunuz değil mi?"

"Evet!"

"Şu an bir konuda desteğinize ihtiyacımız var."

"Rica ederim. Elimden ne gelirse!"

"Kanser hastası bir çocuğumuz var, ismi Ayşegül. Psikoloğumuz şu an hastane dışında, ama çocuğumuz biraz gergin ve suskunlaştı. Sabah kemoterapiye gidecek ama istemiyor, öfke nöbetleri yaşıyor. Rica etsem, gelip konuşabilir misiniz?"

"Hemen, seve seve. Nilgün Teyze, sen Enes'lesin zaten, ben de geliyorum hemen."

"Tamam kızım git sen."

"Ali'ye de söylersin."

"Merak etme."

30

“Merhaba Ayşegül, ben Zeynep, seninle tanışmaya geldim, kaç yaşındasın?”

“Sekiz.”

“Harika. O zaman okuma yazmayı da biliyorsun.”

“Evet, neden sordun?”

“Çünkü okuma yazmayı bilen çocuklarla daha güzel konuşmalar yapabiliyorum. Beni çok iyi anlıyorlar, ben de onları...”

“Sen öğretmen misin?”

“Hayır, öğretmen değilim; ben psikoloğum.”

“Burada da bir psikolog abi var.”

“Evet, ben de psikolog ablayım ve senin gibi güzel çocuklarla arkadaşlık yapıyorum.”

“Ben arkadaş olmak istemiyorum, eve gitmek istiyorum!”

“Burada çok canın sıkılıyor, ilaç içmek ve kemoterapiye gitmek istemiyorsun; hatta seni eve götürmedikleri için bazen annene babana bile kızıyorsun, değil mi? Belki yine bu sebepten benimle konuşmak istemedin, seni burada kalmaya ikna edeceğimi düşünüyorsun.”

“Evet.”

“Haklısın, zaten ben de eve gitmek istiyorum.”

“Neden gitmiyorsun?”

“Çünkü burada benim de kardeşim kalıyor. O da hastalandı ve iyileşmesi için buraya geldik.”

"O da mı kanser?"

"Evet."

"İyileşecek mi?"

"Öyle umuyorum."

"Ben iyileşecek miyim?"

"Tabii ki iyileşeceksin."

"Nereden biliyorsun?"

"Çünkü çocuklar yetişkinlere göre çok daha hızlı iyileşirler de ondan."

"Ben evdeki kedimi özledim. O da benden ayrıldı ve ben yanında olmadığım için o da hastalanacak. O nasıl iyileşecek peki? Buraya getirelim dedim, kabul etmediler. Sadece mama yiyerek nasıl yaşayabilir?"

"Karnı doyuyor, bu çok iyi değil mi?"

"Ben de burada yemek yiyorum, ama hâlâ iyileşemedim, çünkü mutlu olmamız lazım. Ben burada mutlu değilim, kedim de evde mutlu değil."

"Peki, ne yapmalıyız sence?"

"İkimizin de bir arada olması lazım."

"Bazen sevdiklerimizle bir arada olmamamız gerekebilir, ama bu bir ayrılık değil, geçici bir şey. Mesela hastaneye hayvan gelemez."

"Biliyorum, ama ben eve gidebilirim."

"Peki, iyileşmeden eve gidersen, hasta olarak onunla nasıl ilgilenebileceksin? Daha iyi olup onunla daha güzel oynaman gerekmez mi?"

"İyileşmek için önce mutlu olmak gerekir, annem her şeyin başı mutluluk diyor hep."

"Annen çok haklı. Seni neler mutlu eder Ayşegül?"

"Hayvanlar mutlu eder. Mesela çiçekler de mutlu eder!"

"Çiçekler nasıl mutlu eder seni?"

"Ben koparılmamış çiçekleri seviyorum, onları da kopardıkları zaman üzülüyorum. Bence çiçekler annesinden ayrılmamalı, onların annesi topraktır. Kardeşleri de diğer çiçeklerdir. Büyük amcalar, teyzeler onları kardeşlerinden ayırıyor. Mesela ben hastaneye geldim, annemin arkadaşları kopardıkları çiçekleri bana getirdiler, ama hiçbirini istemedim."

"Sen çok düşünceli bir çocuksun ve söylediklerinde haklısın. Ayşegülcüm, annen baban da seni çok seviyor ve sizin bir aileniz var, evinizde yaşıyordunuz ama şimdilik evden ayrıldınız."

"Şu an evimiz de bizi özlüyordur."

"Ama ev canlı değil ki."

"Bence her şey canlı."

"Tamam, dediğin gibi kabul edelim, ama evden uzaksınız şu an. Bazen insanlar daha sağlıklı ve güçlü olmak için bir süreliğine evden uzaklaşmak zorunda kalır. Şu an sen de aynı sebepten dolayı evinden ve sevdiğin her şeyden uzaksın. Daha güçlü ve sağlıklı olup tekrar evine dönmek için buradasın. Evden çıkıp okula gidip daha bilgili olmak, spora gidip daha sağlıklı olmak, hastalanınca doktora gidip iyileşmek gerekir."

"Biliyorum, ama bazen iyileştiğimi düşünüyorum ben, o zaman da eve gitmek istiyorum."

"Peki her şeyi reddedersek, kabul etmezsek ve eve gidersek orada daha çok hasta olabiliriz. Yine buraya gelip belki daha çok kalmak zorunda kalabiliriz. Bence gereken her şeyi öğrenip elimizden geleni yapsak, sence daha çabuk iyileşmez miyiz?"

"Olabilir, ama canım yanıyor kemoterapide."

"Bu konuda haklısın, bazen hastalandığımızda verilen ilaçlar çok acı olabiliyor ya da bazı makinelere bağlandığımızda canımız yanabiliyor. Vücudumuzda bizi hasta eden mikroplar olabiliyor ve bu mikropları yok etmek için güçlü ilaçlar gerekiyor. Vücudumuza ilaç girdiğinde o mikroplarla savaşırken canımız acıyor. İlaçlar bizim iyiliğimiz için savaşıyor. Bütün bunların sebebi işte bu Ayşegül'cüm."

"Ben savaşı sevmiyorum, savaş hep acıtır zaten. Savaşmadan iyileşemez miyiz? Annem iyilik yaparak iyileşebiliriz demişti. Ben şimdi gidip iyilik yapsam iyileşmez miyim? Bence iyilik yapmıyor büyükler, o yüzden çocukları hastalanıyor."

"Nasıl yani?"

"Anne ve babalar iyilik yapmazsa kötü olurlar ve çocukları da hastalanır."

"Buna pek katılmıyorum, ama iyilik yapmayı unutabilir insanlar!"

"Savaşmayı neden unutmuyorlar? Çiçekleri koparmak kötülüktür belki de, topraklar mikropları kötülere gönderiyordur?"

"Sen kötü olduğunu düşünüyor musun?

"Aramızda kalsın, ama babam biraz kötü; hayvanları hiç sevmiyor, hatta komşularımız da sevmiyor."

"Belki bir problem yaşamıştır onlarla!"

"Sanmıyorum."

"Peki, seninle konuştuğum için şu an kendini nasıl hissediyorsun?"

"Konuşmak güzel şey; sen de beni anlıyorsun ve bu hoşuma gidiyor."

"O zaman iyileşmek için önce anlaşmak gerekiyor değil mi?"

"Galiba."

"Mesela vücudunla bir anlaşma yapmaya ne dersin? Neresi acıyorsa onunla konuşabilirsin, bir süreliğine acı çekeceğini, sonra daha güçlü olacağını ona anlatabilirsin. Belki seni dinler."

"Denerim tabii."

"Birlikte konuşalım mı vücudunla, ne dersin?"

"Harika olur."

"O zaman söylediklerimi tekrarla olur mu?"

"Tamam."

"Sevgili vücudum... Ellerim, ayaklarım, karnım, sırtım, başım, kalbim, damarlarım, ağzım ve kulaklarım merhaba!"

"Gözlerim ve burnum da var."

"Evet gözlerim ve burnum, size de merhaba. Ben sizi çok seviyorum. Bazen içinizden birileri çok yorgun olabilir, siz yorulduğunuzda ben bunu hissediyorum. Bazen ben de istemeden sizi çok yoruyor olabilirim. Galiba bir süredir birbirimizi çok yorduk. Şimdi iyileşmek ve dinlenmek için burada bir aradayız. İçinize sizi sevmeyen mikroplar girmiş ve bu mikroplardan kurtulmamız lazım. Ben bu konuda size yardımcı olacağım. Burada doktor amcalar ve ablalar var, onlar da bize yardım edecekler. Ben hep sizinle konuşacağım, onlar da size ilaç verecekler. Bazen canımız yanacak ve gitmek isteyeceğiz; ama böyle zamanlarda birbirimizle daha çok sohbet etmeliyiz. Ben size bakmak zorundayım, çünkü sizi seviyorum ve siz de güzel güzel çalışmalısınız. Yarın sabah tekrar kemoterapiye gireceğiz birlikte, sabaha kadar beraber olursak daha çabuk iyileşiriz. Ayrıca sevdiklerimiz de yanımızda; annem, babam, akrabalarım, arkadaşlarım hepsi bizim için geldi. Onların sevgileriyle daha da güçlü olacağız. Sizi çok seviyorum, sizin de beni sevdiğinizi biliyorum..."

"Uyudu galiba."

"Evet."

"Zeynep Hanım çok teşekkürler."

"Rica ederim, ben sık sık gelip Ayşegül'ü ziyaret etmek isterim. Ayrıca ihtiyacınız olursa lütfen haber verin."

"Çok teşekkür ederiz."

"Şimdi izninizle kardeşimin yanına gitmeliyim."

"Tabii ki, güle güle."

31

'Keşke çiçek koklasa insanlar, koparmadan
Yemek yeseler keşke, tıkanmadan.
Uyusalar keşke, sızmadan.
Dinleyebilseler keşke, konuşmadan.
Sevebilseler keşke, korkmadan
Müzik dinleseler keşke, fondan.
Dostlar edinseler keşke, hesap yapmadan.
Affedebilseler keşke, intikam almadan.
Yürüyebilseler keşke, koşmadan.
Biz diyebilseler keşke, ben olmadan.
İzleyebilseler keşke, uyuşmadan.
Düşünebilseler keşke, inanmadan.
Herkese açık olsalar keşke, farklılara kapanmadan.
Yavaşlasalar keşke, hızlanmadan.
Öğrenseler keşke, ezberlemeden.
Sussalar keşke, gerektiği zaman
Tadabilseler keşke, doymadan.
Kırabilseler putlarını keşke, tapınmadan.
Azalabilseler keşke, çoğalmadan.
Paylaşabilseler keşke, abartmadan.
Gidebilseler keşke, beklemeden.
Ölebilseler keşke, ölmeden.'

32

"Geldim, Ali gitti mi?"

"Evet, kızım."

"Hadi odaya gidiyoruz Enes. Bence huysuzluk yapma doğruca odana gidip kartlarına bir yer yapalım, ne dersin?"

"Gitmek istemiyor galiba Zeynep?"

"Evet, ama gitmemiz lazım."

"Bol bol fotoğraf çekti yine. Her yeri çekti, bakmadan çekti; ben de anlamadım, hiç böyle yapmazdı!"

"Burayı sevmedi ondan galiba. Hadi Enes gidiyoruz! Ali arıyor; efendim canım."

"Nasılsın hayatım?"

"İyiyim canım, Enes'i odasına götürmeye çalışıyorum, sen nasılsın?"

"Çalışıyoruz... Bence odaya gitmeden beni dinlemelisin."

"Dinliyorum canım."

"Sana bir şarkı yazmıştım, bizim çocuklar müziklerini bitirmiş. Sana tüm ekip çalıp söylemek istiyoruz!"

"Nasıl, bana mı yazdın?"

"İlk gün başladım yazmaya aşkım, şu an telefonu sehpanın üstüne koydum; tüm ekip başla demeni bekliyoruz."

"Çok heyecanlandım, şaşırdım."

"Ne olur kırma bizi."

"Tamam, dinliyorum."

"İklimi yok bu aşkın seninleyken dört mevsim
Bir ömür kalacaksın gibi seviyorum.
Ne yağmuru ne de rüzgârı taşkın, sensin kurulu evim
Gitmeyen misafirim ol diye bekliyorum

Bir bardak çayın yanında üzümlü kekim ol
Tadı damaklarımızda kalsın, özleyelim
Bu evin sahibi yok, kapılar açık kalsın
İkimizden başkasına hepsini kilitleyelim

Aşkın adı aşk değil, sadece sensin
Başka seslere kulak kapatalım mı?
Dünyada ne kadar seven varsa?
Hepsini bu evde yaşatalım mı?"

"Alim."

"Evet, beğendin mi?"

"Konuşamıyorum şu an, konuşursam büyüsü gidecek gibi, kelimelere döküp yok etmek istemiyorum."

"O zaman kapatıyorum telefonu, birazdan geleceğim yanına, gözlerime bakarak kalman yeterli."

"Tamam sevgilim."

"Seni seviyorum!"

"Ben de."

"Zeynep ne oldu?"

"Yok bir şey Nilgün Teyze. Ali geliyormuş haber verdi."

"Enes de odaya gitmek istiyor şimdi."

"Tamam, hadi gidelim. Hadi Enes'im."

33

"Zeynep her şeyi koydun değil mi valize? Zeynep!"

"Ha efendim?"

"Enes'in çamaşırlarını diyorum, valize koydun değil mi?"

"Evet evet hepsi burada. İki günlük ayarladım, koydum."

"Tamam ben yerleştireyim onları dolaba."

"Enes, hadi kartlarını başucuna yerleştirelim, yardım et bana. Ateşi var sanki hâlâ, ben gidip doktoruyla bir konuşayım. Enes, sen de biraz uzan hadi, biraz daha dinlenmen lazım."

'Bu dünyanın yatağında son uzanışım galiba. Tüm renkli balonlarım patladı, sesi kısılıyor gibi hayatımın, burnumdan uzaklaşıyor üzümlü kekin kokusu. Dilim iyi ki söyleyemiyor, bir de konuşabilseydim ne kadar üzerdim herkesi. Canımın canı ablam sana emanet Allahım. Ali Abimi de artık sana emanet ediyorum. Dünyanın iyileştiğini göremeden gidiyorum. Her insanın temel isteği hep bu olmuştur: Dünyanın iyileşmesi. Oysa iyileşmek ve iyileştirmek bizim zihinlerimize kodlanmıştı. Tek bir anahtarı vardı: Merhamet. Anladım ki, herkes herkesi ve her şeyi seviyor, ama merhamet etmiyormuş. Allah yarattığı her şeyi seviyor, kendisine inanmayan, birbirine kötülük eden, nasıl yaşarsa yaşayan herkesi seviyor ve kötülüklerine rağmen, merhamet ediyormuş. Biz insanlarsa sevgisiz, merha-

metsiz bırakmışız. Birbirimize, doğaya, hayvanlara ve eşyalara Yaradan'ın yapmadığı zulümleri yapıyoruz. Bu hakkı nerden bulduk, kimden aldık bilmiyorum, ama hemen insan halimize dönüşmeliyiz.

Hep adaletten söz eder insan: Sen hiç düşündün mü, Allah sadece adaletli olsaydı ne olurdu diye? Adalet herkese hak ettiğini vermekse, sen ne hak ettiğini biliyor musun? Kırdığın an kırılacak, çaldığın an çalınacak, ağlattığın an ağlayacak, hak yediğin an hakkın yenilecek, aldattığın an aldatılacak olsaydın, işte bu adalet olurdu. Sınav kâğıtlarının hakkı beşken on veren, yemekte hakkın birken iki tabak koyan, ihmal ettiğin sevdiklerin varken yine de seni affeden, özür dilediğinde özrünü kabul eden insanlar, neden böyle yapıyorlar diye hiç kendine sordun mu? Hepsi adaletlerinin içine merhamet koymuşlar. O yüzden salt adalet olsun dersen, sen de ben de yanarız. Bize içinde merhamet de olan adalet lazım. Sen de merhametli ol, kim ne yapmış olursa olsun adalet dağıtırken dikkatli ol. İlk yardım çantanda hep merhamet olsun. Yoksa kanserden yok olacak dünya. İçimiz zehirlenmiş, ama hâlâ kalbim diyoruz. Önce içini mikroplardan temizle; sonra kalbine iyi bak. Bu kadar güzel ya da yakışıklı, bu kadar zayıf ya da alımlı, bu kadar zengin ya da varlıklı olmadan önce... içini temizle. Ne kadar çok din var, değil mi? Ne kadar çok ilim, öğreti, ne kadar çok renk var... Ne kadar çok dil var, kültür var, sayısını bilmediğin topraklar ve canlılar var. Nasıl devam ediyorlar yaşamlarına, hiç sordun mu? Hepsi merhametten.

Seni ilgilendirmez başkasının kapısının önü... Sen kendine dön. Seni ilgilendirmez başkasının saçı, eteği... Sen özüne dön. Seni ilgilendirmez onun bunun ünü, şöhreti... Sen evine dön. Seni ilgilendirmez başkalarının inancı ya da inançsızlığı... Sen inandığına dön. Buluşma hakkın varken ayrışma yolunu seçme;

barışma yolu varken savaşma seçeneğine gitme; dışına bakıp içi hakkında yargıda bulunma. Doğurduğuna iyi bak, evladını yetiştir. Kayırma topladığın yalakalarını, akrabalarını, gerçekleri kendi gerçeklerinle çarpıtma, şikâyet etmeden önce merhamet et. Hıristiyanı eleştirirken abdestini yeniden al, alamadığın için fitnedesin. Ateiste çamur atarken bin kere şükret, çamurun onda şükür yaratmasın. Bacak arasında namus derken zihnindeki cinsel açlıktan kurtul önce. Töre töre diye yok etmeden önce, elindeki silahla içindeki sapığı vur. Ünlüye, şöhretliye laf etmeden önce, içindeki ünlü olma arzusunu söndür. Başkasının malını eleştirmeden önce, elindekini çoğaltmanın yollarını bul. Başkasının lokmasını saymadan önce, sofrana şükrün ekmeğini koy. Vatanı sadece bayrak sanma, ölümüne üretmenin peşinde ol. İstiklal marşını sadece şarkı yapma, ihanetin önünde duvar ol. Yaşarken ölümle dalga geçmeden önce, ölenlere uğra, samimi ol. Her duyduğuna ve gördüğüne inanmadan önce, bir aklım var diye tetikte ol. Hepsini tek tek düşün ve içine sonsuzluk merhametini koy. Bir akıbet varsa, ne olur bugünden hazırlıklı ol...'

■

"Ne dedi doktor? Enes uyudu az önce."

"Normalmiş, yarın öğlen gibi sonuçlar çıkacak, tedavi başlayacak dedi..."

İki saat sonra...

"Hoş geldin Ali."

"Canım nasılsın? Enes nasıl?"

"İyi, uyuyor. Biz de bir kahve içmeye çıktık."

"Bir gelişme var mı?"

"Bekliyoruz."

"Siz de uyuyun biraz hadi. Odada çekyat var, onu açalım."

"Evet Nilgün Teyze, özellikle de sen uyu biraz."

"Ben gideyim o zaman odaya."

"Tamam ablacım, sen uzan. Biz de Zeynep'le geliriz birazdan."

Üç saat sonra...

"Canım."

"Burada mı uyudum ben?"

"Evet, omzumda bir iki saat uyudun mışıl mışıl."

"Sen?"

"Ben de kestirdim biraz."

"Zeynep, Ali... Zeyneppppp!"

"Ne oldu Nilgün Teyze, ne oldu?"

"Enes iyi değil, fenalaştı."

"Ne, ne demek fenalaştı, doktoru çağıralım hemen."

"Zeynep sen git Enes'in yanına. Ben doktoru bulup geliyorum."

"Aman Allahım ağzı yüzü ne hale gelmiş, ne oldu böyle? Hemşire hanım."

"Ateşi yine yükseldi, düşüremiyoruz, doktor beyi aradık."

"Nerede doktor?"

"Eve gitmişti, ama aradık yoldaymış, geliyor."

"Kurban olurum sana, ne oldu sana böyle!"

"Zeynep doktor yolda geliyor, aman Allahım niye böyle olmuş yüzü gözü."

"Ateşini kontrol edemiyorlar!"

34

"Ateşi düştü merak etmeyin."
"Ne oluyor doktor bey, bir anda nasıl olur?"
"Zeynep Hanım, açık konuşacağım. Her şeye hazırlıklı olmamız lazım."
"Yapmayın ne olur, yapmayın, öyle şeyler demeyin, ne olur."
"Kendine geldi biraz."
"Erimiş bitmiş halde, bu nasıl bir hastalık?"
"Durumu çok ileri safhada olabilir!"
"Off Allahım."
"Zeynep kızım, bir şeyler anlatıyor Enes? Baksana kızım."
"Efendim canım, ne oldu? Ne istiyorsun kardeşim?"
"Kartlara ulaşmak istiyor, Zeynep."
"Hangi kart Enes? Ne istiyorsun söyle?"
"Üzümlü kek kartını istiyor galiba? Elini kolunu kaldıramıyor."
"Ne üzümlü kek mi? Al, al canım, bunu mu istiyorsun?"
"Sakin ol, ağlama ne olur Zeynep."
"Efendim Enes, kek mi yapayım sana, evet mi? Ama nasıl, nerede? Dur tamam, hemen eve gidip yapıp getireceğim, olur mu?"
"Nasıl da yüzü güldü, kızım. Üzümlü kek istiyormuş, yavrum benim."

"Ben nasıl bırakayım seni Enes?"

"Hadi kızım, ben burdayım. Sen Ali'yle eve git. Halledin gelin hemen."

"Tamam tamam."

"Zeynep, hadi hemen gidelim."

"Evde malzeme var mı, Nilgün Teyze?"

"Evet var, ama kuru üzüm yok be kızım."

"Tamam ablacım bende var! Hadi Zeynep."

▪

Zeynep ile Ali eve gidip üzümlü keki yapmaya başlarlar, ama korku, üzüntü, tüm duygular birbirine karışmış haldedir. Hemen üzümlü keki yapıp aceleyle hastaneye dönerler. Enes'in odasına çıkmaktadırlar...

"Hadi Ali acele et!"

"Geldim."

"Bu çığlık da ne? Nilgün Teyze mi bu?"

"Sakin ol bakalım. Panik yapma."

"Nilgün Teyze, ne oldu?"

"Hayır olamaz."

"Enessssssssssssssssssssssssssss..."

35

"Nasıl gömdüm seni toprağın altına, nasıl?"
"Canım, ne olur yapma böyle."
"Ali."
"Efendim."
"Ben Enes'in gizli duvarına bakacağım, ne olur sen de yanımda ol."

Birlikte Enes'in herkesten sakladığı dünyasına girerler. Perdeyi açıp duvara baktıklarında büyük bir şok yaşarlar...

"Ali bak şuraya, bizim tanışmamız için telefonunu bilerek senin kapına bırakmış, bizim tanışmamızı o ayarlamış."
"Bu resim ne?"
"Dedenin gümüş üzümü değil mi bu?"
"Evet."
"Onu da bilerek senden almış, sonra benim bulmamı sağlamış. Sana getirmem için uyurken avucuma o bırakmış."
"Nasıl hesaplamış bütün bunları?"
"Ben sana demiştim, özel güçleri var diye. Her şeyi o planlamış, nerede, nasıl tanışacağız, neler paylaşacağız, neler yaşayacağız, her şeyi, her şeyi..."
"İnanılır gibi değil!"

"Ölümünü de biliyormuş yavrum. Bu mezarlık kartı Ali, bak mezarın başına ikimizin resmini koymuş."

"Melek."

"Evet melek o, benim meleğim."

"Seni bana emanet etmiş Zeynep."

"Biliyorum Ali."

"O bizim meleğimiz."

"O bizim üzümlü kekimiz."